中国古今寓言

甄妮吉 ◎ 选编

名师
批注

无
障碍
阅读

有声
伴读

原创
手绘

北方妇女儿童出版社

图书在版编目（CIP）数据

中国古今寓言 / 甄妮吉选编. -- 长春：北方妇女
儿童出版社, 2021.1
（悦享丛书）
ISBN 978-7-5585-5125-3

Ⅰ.①中… Ⅱ.①甄… Ⅲ.①寓言—作品集—中国
Ⅳ.①I277.4

中国版本图书馆CIP数据核字(2021)第007467号

中国古今寓言
ZHONGGUO GUJINYUYAN

出 版 人	师晓晖
责任编辑	张　亭
装帧设计	旧雨出版
开　　本	787mm×1092mm　1/16
印　　张	16.5
字　　数	395千字
版　　次	2021年1月第1版
印　　次	2023年1月第1次印刷
印　　刷	北京市兴怀印刷厂
出　　版	北方妇女儿童出版社
发　　行	北方妇女儿童出版社
地　　址	长春市福祉大路5788号
电　　话	总编办：0431-81629600

定　　价　46.80元

前言 Preface

　　德国诗人歌德说过："读一本好书，就等于和一位高尚的人对话。"阅读中外文学名著，简直就是在和一位文学大师对话。他们创作的名著，纵贯古今，横跨中外，大浪淘沙，沙里淘金，成为全人类共同的宝贵财富。

　　名著是历史的"回音壁"，是自然的"旅行册"。它可以拉近古今的距离：我们阅读名著可以探访在时间长河中和我们擦肩而过的人，看看他们怎样面对生活。它可以缩短地域间的距离：我们阅读名著便可足不出户而卧游千山万水，体察各地的风土人情。

　　名著是全人类智慧的结晶，那里面充满了智者的箴言。谁读了《论语》《老子》，不觉得是大师们站在人类思想的巅峰上，为我们播撒智慧的种子？我们阅读他们的书，就是站在巨人的肩膀上俯瞰世界。

　　名著是人类感情的"储藏室"，是传承文明的"火炬手"。它展示着人类审视、确认、表现自身情感的过程，表现出一种摆脱生活的琐杂而趋向美与高尚的努力，其深厚的底蕴总是能够在我们的生活中唤起这种寓于诗意的情怀，因而具有永恒的魅力。

　　名著是真、善、美的化身，是人类生活中难得的一片净土。大师们在炼狱中心灵首先得到了净化，他们的作品无处不放射着高尚的光辉。在紧张而浮躁的社会中，我们的心灵有时会由于四处奔波而疲惫，由于过于好斗而阴暗，这时阅读名著绝对能使我们变得宁静而高尚，在阅读的过程中抚慰心灵的创痕，涤荡心灵的浮尘。

　　本套丛书有《红楼梦》《水浒传》等中国传统名著，还有《钢铁是怎样炼成的》《格林童话》等国外经典名著。可以带领学生领略中外人文差异，徜徉思想之海，探索文字奥秘。编者在编制本套丛书时，本着学生的认知层面和生活经验，对原著进行了全方位的解读。每一章节前加上了"精彩导读"，帮助他们获取本章的大致内容，增强总结能力；同时，在每一章的大量文段中选取了优美的词句，有精彩解读，帮助他们理解作者的情感变化、写作手法等，提升他们的写作技巧；在章节后有"精彩点拨"，总结中心思想，剖析艺术手法，加深他们的阅读印象；还有"阅读积累"，拓展他们的知识层面。

相信广大学子读完这套为他们精心打造的丛书后一定能开阔眼界，增加智慧，健全人格，铸就人生的新境界！

编　者

中国寓言历史悠久，早在三千多年前就已经处于雏形阶段，比伊索寓言产生的时间早五百多年。中国古代寓言是在一般譬喻的基础上开始发展的，经过了一个由文辞简约趋于富赡、由哲理浅显趋于深刻、由缺乏人物情节而趋于故事结构完整的演变过程。在我国古代第一部记叙文和论说文的集子《尚书》中，已明显地出现了一些形象的譬喻。如盘庚迁殷时教训臣民的话："若火之燎于原，不可向迩，其犹可扑灭乎？"用火势来比喻大势所趋，不可违抗。后来，春秋战国时代的诸子百家为精确表达思想内容而将譬喻升华提高，进而发展成为一种特殊的文学样式。

中国古代寓言在三千多年的漫长历史中，经历了不同的发展阶段。根据寓言本身的发展情况以及当时的社会背景和文学背景，其可分为五个发展阶段。

（一）先秦寓言。先秦是中国古代寓言产生和蓬勃发展的时期。其中，战国时代是寓言创作的黄金时代。当时的寓言作品集中在诸子散文里，为阐述不同流派的哲理和政治主张服务，可称为"哲理寓言"。如"揠苗助长""滥竽充数""刻舟求剑"等，内容生动，寓意深刻。

（二）两汉寓言。两汉寓言的题材和手法大多因袭先秦，其主旨是为空前统一的封建帝国汉王朝寻求长治久安之道，即希望通过寓言来宣传历史的经验教训，在政治上、生活上给人们以劝诫，可称为"劝诫寓言"。如"叶公好龙""杯弓蛇影"都是脍炙人口之作。

（三）魏晋南北朝寓言。魏晋南北朝是中国历史上的一个重大转变时期，在哲学上、文学上、艺术上都具有明显的过渡性质，其寓言的创作也是一样。

（四）唐宋寓言。唐宋两朝是中国古代寓言创作的第二个高潮时期。唐宋寓言

的特点是讽刺性加强而哲理性减弱，可称之为"讽刺寓言"。寓言独立拟定篇名（如《三戒》）、独立编集（如《艾子杂说》）也开始于这个时期。古文运动的领袖人物都创作过寓言。如韩愈的《毛颖传》，柳宗元的《黔之驴》《临江之麋》《永某氏之鼠》，欧阳修的《钟莛说》《卖油翁》，苏轼的《日喻》《小儿不畏虎》，等等。这一时期，随着佛教的兴盛，在佛经翻译中，引进了一部分国外寓言。

（五）元明清寓言。元末明初及明中叶以后，曾掀起两次寓言创作高潮。其特点是冷嘲热讽的笑话成分增多，其中很多寓言可称为"诙谐寓言"。此时出现了有卓越成就的寓言作家刘基、宋廉、刘元卿等，出现了寓言专著《郁离子》（刘基著）等。

中国寓言的产生与发展，充分显示了中国古代文化的特色。

《中国古今寓言》中的故事简洁通畅、深入浅出、通俗易懂，力求将故事性和启发性结合起来，多用借喻手法，使富有教训意义的主题或深刻的道理在简单的故事中体现出来。这些寓言故事篇幅短小精悍，语言风趣活泼，充满智慧和哲理，是来自不同时代的精品，一直在世界文学史上散发着独特的光芒，如《揠苗助长》《守株待兔》《狐假虎威》《画蛇添足》等，在世界范围内享有很高的知名度。其成功之处在于故事的可读性很强，无论人们的文化水平高低，都能从简练明晰的故事中悟出道理。为了让莘莘学子更好地消化和吸收中国民族文化的精华，《中国古今寓言》精心挑选了90余篇中国寓言。青少年读读这些故事，对成长大有裨益。

《中国古今寓言》中的故事是中国传统文化和民族智慧的一个重要组成部分，不仅具有很高的价值，而且具有丰厚的思想内容。它们生动有趣，蕴藏着中国人的卓越见识和深刻哲思，饱含着生活历练，闪烁着智慧光辉，让我们领悟人生，启迪思维，沐浴智慧之光。

《中国古今寓言》就像一把钥匙，帮我们开启了知识的大门，也帮我们开启了心灵的大门，还帮我开启了光明的大门，使我品尝到了人生的酸、甜、苦、辣。书中的道理一定会让我们终生难忘的！比如，《揠苗助长》告诉我们事物的发展都有自己的规律，违背规律就必然失败；《守株待兔》告诉我们不要死守经验，不知变通；《狐假虎威》告诉我们有的人借着别人的威势来吓唬和欺压人；《画蛇添足》告诉我们不能虚构事实，无中生有，这样做毫无意义。

角色卡片

汉高祖

刘邦（前256或前247—前195），字季，沛郡丰邑中陌里（今江苏省徐州市丰县）人。中国历史上杰出的政治家、战略家和军事指挥家，汉朝开国皇帝，对汉族的发展以及中国的统一有突出贡献。刘邦出身农家，豁达大度，不事生产。秦朝建立后，出仕。秦末，任沛县泗水亭长，后释放刑徒，亡匿于芒砀山中。陈胜起义后，刘邦集合三千子弟响应，攻占沛县，自称"沛公"，投奔名将项梁，任砀郡长，受封为武安侯，统领砀郡兵马，率军进驻灞上，接受秦王子婴投降，废除秦朝苛法，约法三章。鸿门宴之后，受封为汉王，统治巴蜀及汉中一带。他能够知人善任，注意虚心纳谏，充分发挥部下的才能，积极整合反对项羽的力量，终于击杀西楚霸王项羽，统一天下，定都长安，建立西汉。陆续消灭臧荼、韩王信、韩信、彭越、英布等异姓诸侯王，分封九个同姓诸侯王。建章立制，休养生息，励精图治。豁免徭役，重农抑商，恢复社会经济，稳定统治秩序，安抚人民生活。开放边境关市，积极缓和汉匈关系。公元前195年，讨伐英布的时候，伤重不起。制定"白马之盟"后，驾崩于长安，谥号高皇帝，庙号太祖，葬于长陵。

曹操

曹操（155—220），即"魏武帝"，字孟德，小名阿瞒、吉利，沛国谯县（今安徽省亳州市）人。中国古代杰出的政治家、军事家、诗人。东汉末年权相，太尉曹嵩之子，曹魏的奠基者。曹操少时机警，任侠放荡，不治行业。二十岁时，举孝廉为郎，任洛阳北部尉。后任骑都尉，参与镇压黄巾军。迁济南相，奏免贪吏，禁断淫祀。征

为东郡太守,不就,称疾归家。及董卓擅政,乃散家财起兵,与袁绍等共讨董卓。初平三年(192)据兖州,分化诱降黄巾军三十余万,选其精锐编为青州军,自此兵力大振,先后击败袁术、陶谦、吕布等部。建安元年(196),迎汉献帝到许都(今河南许昌东),总揽朝政。建安五年(200),在官渡之战中大败袁绍主力,又先后削平袁尚、袁谭等势力。建安十二年(207),击破乌桓,统一中国北部。建安十三年(208),进位丞相。同年进攻荆州,与孙权、刘备联军展开赤壁之战,败归。建安十八年(213),封魏公。建安二十年(215),征张鲁,取汉中。次年进爵为魏王。建安二十五年(220),病死于洛阳。儿子曹丕代汉称帝后,追尊曹操为太祖武皇帝,葬于高陵。

目录 Contents

投鼠忌器 ………………………………………………… 1

愚公移山 ………………………………………………… 4

自作自受 ………………………………………………… 7

诚心所致 ………………………………………………… 10

后来居上 ………………………………………………… 13

疑邻偷斧 ………………………………………………… 16

郑人买鞋 ………………………………………………… 18

负荆请罪 ………………………………………………… 20

望梅止渴 ………………………………………………… 23

为虎作伥 ………………………………………………… 26

守株待兔 ………………………………………………… 29

揠苗助长 ………………………………………………… 32

善解疙瘩 ………………………………………………… 35

高价买邻 ………………………………………………… 38

邯郸学步 ………………………………………………… 41

丑妇效颦 ………………………………………………… 44

感受内美 ………………………………………………… 47

南辕北辙 ………………………………………………… 50

曲高和寡 ………………………………………………… 52

各有所长 ………………………………………………… 55

夫妻妒影 ………………………………………………… 57

唇亡齿寒 …………………………………………… 60

铁棒磨成针 …………………………………………… 63

活到老学到老 ………………………………………… 66

两小儿辩日 …………………………………………… 69

狐假虎威 ……………………………………………… 72

画蛇添足 ……………………………………………… 75

画鬼最易 ……………………………………………… 78

三人成虎 ……………………………………………… 80

杞人忧天 ……………………………………………… 82

澄子夺黑衣 …………………………………………… 85

割席断交 ……………………………………………… 87

滥竽充数 ……………………………………………… 90

纸上谈兵 ……………………………………………… 93

鲁国少人才 …………………………………………… 96

玉器和瓦罐 …………………………………………… 99

韩娥善歌 ……………………………………………… 101

林回弃璧 ……………………………………………… 103

果断的班超 …………………………………………… 105

不受嗟来之食 ………………………………………… 108

小偷退齐兵 …………………………………………… 111

牛缺遇盗 ……………………………………………… 114

毕歆与王朗 …………………………………………… 117

乐羊的"忠心" ……………………………………… 120

德比才重要 …………………………………………… 123

张良与老人 …………………………………………… 126

仁智的孙叔敖 ………………………………………… 129

任公子钓大鱼 ………………………………………… 132

驼背翁捕蝉 …………………………………………… 135

智诲小偷 ……………………………………………… 138

天赐养老钱 ……………………………………………… 141

不识自己的字 …………………………………………… 144

假博学出洋相 …………………………………………… 146

秀才的"大志" ………………………………………… 149

射箭和倒油 ……………………………………………… 151

毛遂自荐 ………………………………………………… 154

打草惊蛇 ………………………………………………… 157

一枕美梦 ………………………………………………… 160

杯弓蛇影 ………………………………………………… 163

趾高气扬 ………………………………………………… 166

拒摇过市 ………………………………………………… 168

侏儒梦灶 ………………………………………………… 170

心怀叵测 ………………………………………………… 173

无价之宝 ………………………………………………… 175

吴裕与公孙穆 …………………………………………… 178

自相矛盾 ………………………………………………… 181

扁鹊施换心术 …………………………………………… 183

十万贯 …………………………………………………… 186

会屙金子的石牛 ………………………………………… 189

薛谭学唱歌 ……………………………………………… 192

新媳妇 …………………………………………………… 194

五十步笑百步 …………………………………………… 197

人贵有自知之明 ………………………………………… 200

团结的力量 ……………………………………………… 203

谁偷了金钗 ……………………………………………… 206

心不在焉 ………………………………………………… 208

惊弓之鸟 ………………………………………………… 210

修路与架桥 ……………………………………………… 213

楚人学齐语 ……………………………………………… 216

曹冲称象 ……………………………………… 219

叶公好龙 ……………………………………… 222

越人与狗 ……………………………………… 225

曾子杀猪 ……………………………………… 227

江边姑娘 ……………………………………… 229

书呆子赶鸡 …………………………………… 232

万字难写 ……………………………………… 235

吹牛无边 ……………………………………… 238

贪之为贫 ……………………………………… 240

两个猎人 ……………………………………… 243

藏贼衣 ………………………………………… 245

不吃鸡蛋 ……………………………………… 248

众人乘车 ……………………………………… 251

投鼠忌器

精彩导读

　　每个人在生活中难免会遇到两难的事情，问题的解决往往靠从中选出关键点来做出果断的抉择。如果犹豫不决，就会让自己陷入比以前更糟的境地，毕竟犹豫不是解决的问题的办法。当断不断，反受其乱。选择做得越早，问题就会越早解决。

　　一个人家里面有很多的老鼠。这些老鼠十分猖獗，白天都敢大着胆子在房子里横冲直撞，在衣柜上、桌子上蹦来跳去，晚上还敢爬到人睡觉的床上，甚至爬到枕头边，冷不防吓你一大跳。更可恨的是，有些老鼠竟然躲进衣柜里面，在棉衣里面做窝，生儿育女。这家的主人恨死这些老鼠了，可又总是很难抓住它们。

　　一天晚上，这家主人刚刚吹灯睡下，老鼠便开始出来闹腾了。一只大老鼠从衣柜顶上跳下来，碰翻了桌上的油灯。油灯滚到主人床上，油洒在床上，真把主人气坏了。等主人赶紧翻身起床，老鼠早已跑得无影无踪。这家的丈夫咬牙切齿地说：“看我不把这些断子绝孙的老鼠打死，我就誓不为人！”他的妻子也愤愤地说：“太可恨了，只要再看到老鼠，不打死它才怪呢！”

　　一天，一只大老鼠正睡在主人家的一个大古董花瓶上。丈夫走过来看到了，他心里一阵高兴，他想：“那天碰翻油灯的老鼠必定是它无疑了，今天叫你撞到我的手心里，这回机会来了，我一定要打死你，毫不留情！”

　　于是，他操起一根木棍，蹑手蹑脚走到大花瓶跟前，举起木棍正要砸下去，冷不防被一双手将木棍抓住了，原来是他的妻子从厨房过来看到，紧急救“驾”的。他妻子一边抓住木棍一边阻止他说：“你不能这样！你没看到这是我们家的古董吗？要是把这只大古董花瓶打碎了，那多可惜呀！为了打一只老鼠，也未免太不值了。”

1

动 作描写

运用动作描写丈夫的犹豫和妻子不想因小失大。

词 苑撷英

肆无忌惮：非常放肆，一点没有顾忌。

丈夫还举着木棍，不甘心地说："你忘了这些坏东西的害人的事吗？不能就这么便宜了它！"妻子坚持说："算了算了，还是大花瓶重要！"

丈夫没办法，只好放下手中的木棍，走上前去，用手把睡在花瓶上的老鼠赶走了。

大老鼠依然回到它的窝里，每天照样出来作祟，而且还更加肆无忌惮，因为它已经掌握了主人的弱点。

这家主人又想打老鼠，又怕砸坏了东西，这样顾虑重重地办事，怎能把事情做彻底呢？

精 彩点拨

寓言中的主人公想用东西打老鼠，可是他又怕打坏了老鼠近旁的器物。这个寓言比喻做事有顾忌，不敢放手干。这篇寓言告诉我们遇到事情需要大胆地放手一搏。拼一拼会有不同的结果。犹豫不决只会耽误时间，让我们的内心更加混乱。

阅 读积累

古 董

古董是为人所珍视的古代器物，是先人留给我们的文化遗产、珍奇物品。在这上面沉积着无数的历史、文化、社会信息，而这些信息是任何一件其他的器物所无法取代的。因为古董可以作为一种玩物，所以后来我们也称之为"古玩"。

 词好句

好词归纳

彻底　　　　猩狲　　　　无影无踪　　　　咬牙切齿

蹑手蹑脚　　横冲直撞　　顾虑重重　　　　断子绝孙

好句欣赏

·于是，他操起一根木棍，蹑手蹑脚走到大花瓶跟前，举起木棍正要砸下去，冷不防被一双手将木棍抓住了，原来是他的妻子从厨房过来看到，紧急救"驾"的。

愚公移山

精彩导读

　　《愚公移山》是战国时期思想家列子创作的一篇寓言小品文。后比喻不畏艰难，要克服困难就必须坚持不懈。这篇寓言借愚公的形象告诉人们做事要持之以恒，表现了中国古代劳动人民的信心和顽强毅力。只有坚持有恒心，有毅力，就会做成自己想做的事情。

词 苑撷英

耸立：高高地直立。

语 言描写

运用语言描写写出愚公有毅力并且坚持不懈。

　　在山西省境内，耸立着太行和王屋两座大山，占地七百余里，高逾万丈，据说是从冀州与河阳之间迁徙而来。

　　那还是在很久很久以前，有位名叫愚公的老人，已经快九十岁了，他的家门正好面对着这两座大山。由于交通阻塞，他家与外界交往要绕很远很远的路，极为不便。为此，他将全家人召集到一起，共同商议解决的办法。愚公提议："我们全家人齐心协力，共同来搬掉屋门前的这两座大山，开辟一条直通豫州南部的大道，一直到达汉水南岸。你们说可以吗？"大家七嘴八舌地表示赞同这一主张。

　　这时，只有愚公的老伴儿有些担心，她瞧着丈夫说："靠您的这把老骨头，恐怕连魁父那样的小山丘都削不平，又怎么对付得了太行和王屋这两座大山呢？再说啦，您每天挖出来的泥土、石块，又往哪儿搁呢？"儿孙们听后，争先恐后地抢着回答："将那些泥土、石块都扔到渤海湾和隐土的北边去不就行了？"

　　决心既下，愚公即刻率领子孙三人挑上担子，扛起锄头，干了起来。他们砸石块，挖泥土，用藤筐将其运往渤海湾。他家有个邻居是寡妇，只有一个七八岁的小男孩，也跳跳蹦蹦地赶来帮忙，工地上好不热闹！任凭寒来暑往，愚公祖孙也很少回家休息。

有个住在河曲名叫智叟的人，看到愚公率子孙每天辛辛苦苦地挖山，感到十分可笑。他劝阻愚公说："你也真是傻帽到家了！凭着你这一大把年纪，恐怕连山上的一棵树也撼不动，你又怎么能搬走这两座山呢？"

愚公听后，不禁长长地叹了一口气。他对智叟说："你的思想呀，简直是到了顽固不化的地步，还不如那位寡妇和她的小儿子哩！当然，我的确是活不了几天了。可是，我死了以后有儿子，儿子又生孙子，孙子还会生儿子，这样子子孙孙生息繁衍下去，是没有穷尽的。而眼前这两座山却是再也不会长高了，只要我们坚持不懈地挖下去，还愁会挖不平吗？"面对愚公如此坚定的信念，智叟无言以对。

当山神得知这件事后，害怕愚公每日挖山不止，便去禀告天帝。天帝也被愚公的精神感动了，于是就派两个大力士神来到人间，将这两座山给背走了，一座放到了朔方的东部，一座放到了雍州的南部。从此以后，冀州以南一直到汉水南岸，就再也没有高山挡道了。

这篇中国老百姓家喻户晓的寓言故事告诉人们：智叟孤立而静止地看待愚公之老和太行、王屋两山之高，其实无"智"可言；而愚公能用发展的眼光洞悉子孙无穷与山高有限，又怎么能说是"愚"呢？要想干成一番事业的人，就应像愚公那样充满信心，有顽强的毅力，不惧艰难险阻，坚持不懈地干下去，不达目的誓不罢休。

彩点拨

　　这篇寓言通过愚公移山的故事告诉我们以后在生活中遇到任何事情、任何困难，一定要坚持不懈地去完成，有恒心，有毅力，一直向着目标前进，像愚公这样不抛弃、不放弃，最后就一定会成功。反之就只会屡屡失败。

 读积累

渤海湾

渤海湾，是中国渤海三大海湾之一，位于渤海西部。北起河北省乐亭县大清河口，南到山东省黄河口。有蓟运河、海河等河流注入。海底地形大致自南向北、自岸向海倾斜，沉积物主要为细颗粒的粉沙与淤泥。渤海湾中有丰富的石油储藏。其北部是著名的旅游和度假区，西部塘沽是重要港口。

 词好句

好词归纳

信念	坚持不懈	家喻户晓	艰难险阻
辛辛苦苦	洞悉	誓不罢休	顽固不化
七嘴八舌	争先恐后		

好句欣赏

· 他对智叟说："你的思想呀，简直是到了顽固不化的地步，还不如那位寡妇和她的小儿子哩！当然，我的确是活不了几天了。可是，我死了以后有儿子，儿子又生孙子，孙子还会生儿子，这样子子孙孙生息繁衍下去，是没有穷尽的。而眼前这两座山却是再也不会长高了，只要我们坚持不懈地挖下去，还愁会挖不平吗？"面对愚公如此坚定的信念，智叟无言以对。

自作自受

精彩导读

　　"自作自受"并不是一定是受恶果，它也许让人受之以甜，也许让人受之以苦。无论是国家还是个人，都应该对自己的所作所为负责，不存任何侥幸心理，无论是荣耀还是耻辱，人这一生都是自作自受的结果。做了一件事就要为这件事承担后果。

　　唐高宗死后，皇后武则天独揽大权，直至登基做了女皇帝。则天女皇用严刑酷法，对那些为非作歹的贪官污吏进行制裁。当时，有人密告文昌右丞相周兴企图谋反。于是，武则天派酷吏来俊臣去审理此案。

　　来俊臣派人请来周兴，不动声色地先假意与周兴聊天，并请他一起喝酒。酒宴上，来俊臣问周兴说："现在有些囚犯不服罪，你说用什么方法让他们认罪，用什么方法制裁他们才好呢？"

　　这周兴也算是一个酷吏了，他整人的法子五花八门。这次来俊臣把他请来，他还蒙在鼓里，一点儿也不了解真相，因此他扬扬得意地呷着美酒，同时自作聪明地向来俊臣介绍了一种自己惯常使用的整人办法。他说："这简单得很，我有一个好办法，包管让囚犯一个个服服帖帖。"

　　来俊臣不动声色地说："什么办法，请仔细介绍，我也照此办理。"

　　周兴说："拿一个大坛子来，周围堆上火炭烧烤，待烤得滚烫时，令犯人进到大坛子里去，看谁还敢不招供他的罪行？"

词 苑撷英

　　呷着：小口儿地喝酒或饮茶。

语 言描写

　　写出周兴心狠手辣，狡诈。

来俊臣听罢，立即派人搬来一个大坛子，按周兴所说的办法在坛子周围点上炭火。不一会儿，坛子烧得滚烫。来俊臣站起身来对周兴说道："现在皇宫内部传出命令，要我来审问老兄你的罪行，我想还是先请老兄进入这个大瓮里去再说吧，也好亲自体会体会你自己的杰作呀。"

来俊臣的话音刚落，周兴早已吓得魂不附体，连忙跪下，使劲地叩头谢罪。

看起来，那些作恶多端、变着法子整人的人，也有遭到"以其人之道，还治其人之身"的下场的那一天。

精彩点拨

对恶人的惩罚"不是不报，时候未到"，对于做恶事的恶徒，都会有报应，会自作自受。头上三尺有神明，多行不义必自毙，好人有好报，恶人会有恶报，这是因果规律。这篇寓言也告诉我们，平时要多做好事、善事，才能得到福报。

阅读积累

皇宫

皇宫，属于皇帝和他的后妃、子女们生前居住的地方。传闻，玉皇大帝居所有10000个宫殿，而皇帝为了不超越神，所以故宫修建了9999间半宫殿。皇上是极阳之身，所以皇宫是风水学上的阳宅。中国皇宫历经秦咸阳宫、阿房宫，西汉未央宫、长乐宫，东汉南宫、北宫，六朝建康宫，隋朝大兴宫、紫微城，唐朝大明宫、上阳宫等，宋朝皇宫，元朝皇宫，明朝南京故宫，明清北京故宫。

好词归纳

作恶多端	不动声色	服服帖帖	自作聪明
叩头谢罪	为非作歹	独揽大权	魂不附体
五花八门	制裁	酷吏	扬扬得意

好句欣赏

· 来俊臣听罢，立即派人搬来一个大坛子，按周兴所说的办法在坛子周围点上炭火。不一会儿，坛子烧得滚烫。来俊臣站起身来对周兴说道："现在皇宫内部传出命令，要我来审问老兄你的罪行，我想还是先请老兄进入这个大瓮里去再说吧，也好亲自体会体会你自己的杰作呀。"

诚心所致

精彩导读

在生活中，只有在真正全神贯注、意念专一时，才能产生意想不到的效果，这就是诚心所产生的力量。一心一意地去做事，不仅效率会很高，成功率也会很大，心诚才能成功。三心二意，只会耽误时间，甚至有可能出错。

词 苑撷英

举重若轻：举重东西就像举轻东西那样。比喻做繁难的事或处理棘手的问题轻松而不费力。

夸 张手法

形容熊渠子好学，坚持。

熊渠子是楚国人，从小决心要练就过硬的射箭本领。15岁那年，熊渠子辞别父母外出，拜名师学射。开始时，老师既不给他弓，又不给他箭，而是让他举石锁。熊渠子尽管不理解老师的用意，但是他想，既然老师让他这么做，那总是有道理的。于是他十分认真地用两只手轮换着将50斤重的大石锁一次又一次举起来。起初手还发抖，一年后，便举重若轻，50斤重的石锁在熊渠子手里已不算什么，老师便给他换成100斤的石锁继续苦练臂力。5年后，当熊渠子能举起300斤重的大石锁时，老师交给他一把大硬弓，还是没给他箭。老师让他每天对着目标瞄准，拉开弦和放开弦时双手不能有丝毫的颤动。熊渠子按照老师的教导又练了3年空弦，老师终于拿出箭来。这时候的熊渠子除了有强大的臂力外，还练就了一副敏锐精细的眼力，他在老师的指导下，抬弓搭箭，对准目标，百发百中，不论是空中的飞禽还是地上的走兽，就连敏捷的野兔子，只要被熊渠子的弓箭瞄准，便都是箭飞靶落，飞禽走兽都不在话下。更为精彩的是，熊渠子百步开外举箭穿杨的本领，使他成为远近闻名的神射手。

25岁那年，熊渠子告别师父回家乡，一路上晓行夜宿。这一天走在路上，行至一片荒郊时已是夜间。突然，他看见前面正有一只老虎伏在路边，熊渠子冷不防吓出一身汗，他立刻下意识地抽出箭来，拉开硬弓，奋力朝老虎射去，不偏不斜正好射中。熊渠子赶紧趴下等待老虎做垂死挣扎。好一会儿过去了，老虎一点声响也没有，熊渠子想，老虎怎么就这么无声无息地死了呢？待他走近一看，哎呀，哪里是什么老虎，原来射中的竟是躺在路边的巨石，而且射出的箭有大半截已深深扎进石头中了。

熊渠子不禁心中奇怪：我怎么会有如此大的力气，竟将箭几乎全射进了巨石之中？于是他重新回到原来的位置，使足力气，朝巨石再射出一箭，只听"咣当"一声，箭未中石。熊渠子不服气，连发几箭，尽管使出全身力气，眼前除了箭与巨石相击火星飞迸，却再也一箭未中，箭都不知弹飞到哪里去了。

所以说，只有在真正全神贯注、意念专一时，才能产生意想不到的效果，这就是"诚心"所产生的力量。

精 彩点拨

这篇寓言告诉我们"精诚所至，金石为开"的意思是人的诚心所到，能感动天地，使金石为之开裂。比喻只要专心诚意，一心一意，用心、真诚去做，什么疑难问题都能解决。

阅 读积累

石 锁

相传石锁起源于中国唐代的军营。士兵常用石锁、石担子等锻炼身体。石锁功为硬功外壮，属阳刚之劲，专练两臂提掇之力。后来流传于中国民间，演变为一项集力量、技巧、健身于一体的传统竞技项目。盛于清道光年间。

 词好句

好词归纳

远近闻名 全神贯注 垂死挣扎 百发百中

无声无息 不偏不斜 晓行夜宿 意想不到

好句欣赏

· 熊渠子不禁心中奇怪：我怎么会有如此大的力气，竟将箭几乎全射进了巨石中？于是他重新回到原来的位置，使足力气，朝巨石再射出一箭，只听咣当一声，箭未中石。熊渠子不服气，连发几箭，尽管使出全身力气，眼前除了箭与巨石相击火星飞迸，却再也一箭未中，箭都不知弹飞到哪里去了。

· 所以说，只有在真正全神贯注、意念专一时，才能产生意想不到的效果，这就是"诚心"所产生的力量。

后来居上

精彩导读

　　这篇寓言告诉我们后来者居上，原本是客观事物的发展规律，这就要看我们从哪个角度来看这个问题了。汲黯认为提拔人才一定要论资排辈，反对后来居上，是不可取的。如果想要得到重用，就必须提升自身的能力，这是根本。

　　汉武帝时，朝中有三位有名的臣子，分别叫作汲黯、公孙弘和张汤。这三个人虽然同时在汉武帝手下为臣，但他们的情况却很不一样。

　　汲黯进京供职时，资历已经很深且官职已经很高了，而当时的公孙弘和张汤两个人还只不过是个小官，职位低得很。可是由于他们为人处世恰到好处，加上政绩显著，因此，公孙弘和张汤都一步一步地被提拔起来，直到公孙弘封了侯又拜为相国，张汤也升到了御史大夫，两人官职都排在汲黯之上了。

　　汲黯这个人原本就业绩不及公孙弘、张汤，可他又偏偏心胸狭窄，眼看那两位过去远在自己之下的小官都已官居高位，心里很不服气，总想要找个机会跟皇帝评评这个理。

　　有一天退朝后，文武大臣们陆续退去，汉武帝慢步踱出宫，正朝着通往御花园的花径走去。汲黯赶紧趋步上前，对汉武帝说："陛下，有句话想说给您听，不知是否感兴趣？"

　　汉武帝回过身停下，说："不知是何事，不妨说来听听。"

　　汲黯说："皇上您见过农人堆积柴草吗？他们总是把先搬来的柴草铺在底层，后搬来的反而放在上面，您不觉得那先搬来的柴草太委屈了吗？"

　　汉武帝有些不解地看着汲黯说："你说这些，是什么意思呢？"

　　汲黯说："你看，公孙弘、张汤那些小官，论资历、论基础都在我之后，可现在

语言描写

写出汲黯对现状的不满。

词苑撷英

置之不理：放到一边，不理不睬。

他们却一个个后来居上，职位都比我高多了，皇上您提拔官吏不是正和那堆放柴草的农人一样吗？"

几句话说得汉武帝很不高兴，他觉得汲黯如此简单、片面地看问题，是不通情理的。他本想贬斥汲黯，可又想到汲黯是位老臣，便只好压住火气，什么也没说，拂袖而去。此后，汉武帝对汲黯更是置之不理，汲黯的官职也只好原地踏步了。

后来者居上，原本是客观事物的发展规律，这就要看我们从哪个角度来看这个问题了。汲黯认为提拔人才一定要论资排辈，反对后来居上，是不可取的。

精彩点拨

这篇寓言告诉我们后来居上这个道理：做事像建造房屋一样，先垒的砖，在下面做基础；后垒的砖，一层比一层高一直到房顶。这个道理告诉我们，人只要恳发愤图强、努力上进，就会实现自己心中的目标。人要提高自己才有晋升的可能，否则一切都是空话。

阅读积累

御花园

御花园，位于北京紫禁城中轴线上大内最北部，坤宁宫后方，明代称为宫后苑，清代称御花园。全园南北纵80米，东西宽140米，占地面积12000平方米。始建于明永乐十八年（1420），以后曾有增修，现仍保留初建时的基本格局。园内主体建筑钦安殿为重檐盝顶式，坐落于紫禁城的南北中轴线上，以其为中心，向前方及两侧铺展亭台楼阁。园内青翠的松、柏、竹间点缀着山石，形成四季常青的园林景观。

 **词好句**

好词归纳

拂袖而去　　趋步上前　　不通情理　　恰到好处

心胸狭窄　　原地踏步　　论资排辈　　政绩

好句欣赏

· 几句话说得汉武帝很不高兴，他觉得汲黯如此简单、片面地看问题，是不通情理的。他本想贬斥汲黯，可又想到汲黯是位老臣，便只好压住火气，什么也没说，拂袖而去。此后，汉武帝对汲黯更是置之不理，汲黯的官职也只好原地踏步了。

疑邻偷斧

精彩导读

这篇寓言告诉我们在处理事情、考虑问题、判断是非的时候，都不要轻易下结论，凡事都应该实事求是，尊重客观的事实，掌握证据，调查清楚。冲动之下得到的结论，往往都是错误的，或者不可靠的。

词 苑撷英

储存：存放起来暂时不用。

从前，乡下有一个人，他在自家的地窖中储存种子的时候，将一把斧头忘了从地窖中带出来。几天以后，他在又要用斧头时，才发现自家的斧头已经丢失了。放在自己家的斧头到哪里去了呢？他在自己家的门后面、桌子下面、堆柴草的房里到处找遍了，还是没有找到。他就怀疑是他邻居家的儿子偷去了。到底是不是邻居家的儿子偷了呢？没有证据不能乱讲。于是，他仔细地观察邻居家那个儿子，觉得是他偷了斧头。看他那走路的样子，很像是偷了斧头的，不仅如此，连他的神态、动作、表情也像，甚至他说话时的声调，都像偷了斧头一样。总之，越看越像，几乎可以肯定，就是他偷了我家的斧头！

动 作描写

写出主人公在客观的基础上考虑问题需要时间。

又过了几天，这个人又要到地窖去储存物品了。当他挖开地窖门，下到地窖里的时候，发现了自家那把不见了好多天的斧头正躺在自家地窖里的地面上。

到了第二天，这个人再去看邻居家的儿子的时候，他的一举一动、一言一行，就连笑的神态，一点儿也不像是偷了斧头的样子了。

这篇故事告诉人们：遇到问题要调查研究再做出判断，绝对不能毫无根据地猜疑。疑神疑鬼地瞎猜疑，往往会产生错觉。

精彩点拨

　　这篇寓言启示我们主观成见是认识客观真理的障碍。主观成见会让我们失去判断事物的公平性。当人以成见去观察世界时，必然歪曲客观事物的原貌。得不到真相。我们可以产生怀疑，但是要有证据，有理有据。

阅读积累

<h3 style="text-align:center">地　窖</h3>

　　地窖是利用土的热惰性而建成的，一般是根据地下水层的深浅在地下挖个圆形或者方形的洞或坑。注意要做好防水、防潮和通风等安全设备的设置，还可以储存酒，一些陈老质的东西，长期密闭的地窖中，由于长期密闭，窖中原先存在的氧气会与里面的植物等产生反应生成废气，长时间不使用，则会因缺氧而晕厥等现象。

好词好句

好词归纳

一言一行	疑神疑鬼	毫无根据	一举一动
证据	观察	判断	神态
错觉	调查		

好句欣赏

· 又过了几天，这个人又要到地窖去储存物品了。当他挖开地窖门，下到地窖里的时候，发现了自家那把不见了好多天的斧头正躺在自家地窖里的地面上。

· 到了第二天，这个人再去看邻居家的儿子的时候，他的一举一动，一言一行，就连笑的神态，一点儿也不像是偷了斧头的样子了。

郑人买鞋

这篇寓言揭示了郑人拘泥于教条心理，依赖数据的习惯。这则寓言讽刺了那些墨守成规的教条主义者，说明因循守旧，不思变通，终将一事无成。同时告诉我们在任何时候都要学会变通，变则通，通则变。只要肯换思路，任何事情都是可以改变的，都会有转机的。

苑撷英

熙熙攘攘：形容非常拥挤。

作描写

写出主人公犹豫不决。

郑国有一个人，眼看着自己脚上的鞋子从鞋帮到鞋底都已破旧，于是准备到集市上去买一双新的。

这个人去集市之前，在家先用一根小绳量好了自己脚的长短尺寸，随手将小绳放在座位上，起身就出门了。

一路上，他紧走慢走，走了一二十里地才来到集市。集市上热闹极了，人群熙熙攘攘，各种各样的小商品摆满了柜台。这个郑国人径直走到鞋铺前，里面有各式各样的鞋子。郑国人让掌柜的拿了几双鞋，他左挑右选，最后选中了一双自己觉得满意的鞋子。他正准备掏出小绳，用事先量好的尺码来比一比新鞋的大小，忽然想起小绳被搁在家里忘记带来。于是他放下鞋子赶紧回家去。他急急忙忙地返回家中，拿了小绳，又急急忙忙赶往集市。尽管他快跑慢跑，还是花了差不多两个时辰。等他到了集市，太阳快下山了。集市上的小贩都收了摊，大多数店铺已经关门。他来到鞋铺，鞋铺也打烊（yàng）了。他鞋没买成，低头瞧瞧自己脚上，原先那个鞋窟窿现在更大了。他十分沮丧。

有几个人围过来，知道情况后问他："买鞋时为什么不用你的脚去穿一下，试试鞋的大小呢？"他回答说："那可不成，量的尺码才可靠，我的脚是不可靠的。我宁可相信尺码，也不相信自己的脚。"

这个人的脑瓜子真像榆木疙瘩一样死板。而那些不尊重客观实际、自以为是的人不也像这个揣着鞋尺码去替自己买鞋的人一样愚蠢可笑吗?

这个郑国人只相信量脚得到的尺码,而不相信自己的脚,不仅闹出了大笑话,而且连鞋子也买不到,成了笑柄。而现实生活中,买鞋子只相信尺码而不相信脚的人,他们死守教条而不懂变通,思想就要僵化,行动就容易碰壁。

集 市

集市是指定期聚集进行的商品交易活动形式。主要指在商品经济不发达的时代和地区普遍存在的一种贸易组织形式。又称市集。集市起源于史前时期人们的聚集交易,以后常出现在宗教节庆、纪念集会上和圣地,并常附带民间娱乐活动。

好词归纳

急急忙忙	自以为是	榆木疙瘩	左挑右选
各种各样	鞋铺	窟窿	愚蠢
沮丧	热闹	集市	尊重

好句欣赏

· 一路上,他紧走慢走,走了一二十里地才来到集市。集市上热闹极了,人群熙熙攘攘,各种各样的小商品摆满了柜台。这个郑国人径直走到鞋铺前,里面有各式各样的鞋子。郑国人让掌柜的拿了几双鞋,他左挑右选,最后选中了一双自己觉得满意的鞋子。他正准备掏出小绳,用事先量好的尺码来比一比新鞋的大小,忽然想起小绳被搁在家里忘记带来。

负荆请罪

精彩导读

　　这篇寓言告诉我们，要勇于承认自己的错误，要像廉颇一样勇于承认自己的不足，真诚道歉。不能居功自傲，像廉颇一样，自以为天下的事都是靠自己一个人的功劳。要以大局为重，像蔺相如一样，不计较个人的恩怨，从国家利益出发，舍小我全大我。

苑撷英

　　三寸不烂之舌：比喻能说会辩的口才。

言描写

　　写出主人公好胜，不服输。

　　战国时期，赵国的蔺相如几次出使秦国，又随同赵王会见秦王，每次都凭着自己的大智大勇，挫败骄横的秦王。因此，赵王很是器重蔺相如，一下子将他提拔为上卿，位在老将军廉颇之上。

　　战功卓著的将军廉颇见蔺相如官位比自己还高，很不服气，他到处扬言："我为赵国出生入死，有攻城夺地的大功。而这个蔺相如，出身低微，只是凭着鼓动三寸不烂之舌，就能位在我之上，这实在是让我难堪！以后我再见到蔺相如，一定要当着众人的面羞辱他。"

　　蔺相如听说后，就总是处处躲开廉颇。有一次，蔺相如坐车在大街上走，忽然看见廉颇的马车正迎面驰来，便赶紧命人将自己的车拐进一条小巷，待廉颇的车马走过，才从小巷出来继续前行。

　　蔺相如的随从们见主人对廉颇一让再让，好像十分惧怕廉颇似的，都觉得很丢面子，便议论纷纷，还商量着要离开蔺相如。

　　蔺相如知道后，把他们找来，问他们道："你们看，是秦王厉害还是廉颇厉害？"

　　随从们齐声说："廉颇哪能跟秦王相比？！"

蔺相如说："这就是了。人们都知道秦王厉害，可是我连威震天下的秦王都不怕，怎么会怕廉颇将军呢？我之所以不跟廉颇将军发生冲突，是以国家利益为重啊！你们想，秦国之所以不敢侵犯赵国，不就是因为赵国有我和廉颇将军两个人吗？如果我们两个人互相争斗，那就好比两虎相斗，结果必有一伤，赵国的力量被削弱，赵国就危险了。所以我不跟廉颇将军计较，是为了赵国啊！"

后来这些话传到廉颇那里，廉颇大受感动。他想到自己对蔺相如不恭的言语和行为，深感自己错了，真是又羞又愧。好一个襟怀坦白的廉颇老将军，脱光了上身，背着荆条，亲自到蔺相如府上请罪。蔺相如赶紧挽起老将军。从此后，廉颇和蔺相如两个人，将相团结，一心为国，建立了生死不渝的友情。当时一些诸侯国听说了以后，都不敢侵犯赵国。

蔺相如不计个人恩怨，以国家利益为重的高风亮节和廉颇知错即改的坦诚襟怀，都在启发人们，在任何时候都要顾全大局，把国家和民族利益放在第一位。

精彩点拨

这篇寓言告诉我们，不管在什么时候，做事都要顾全大局，为大家着想，犯了错误也应该及时改正，做到宽容大度，知错就改。不要斤斤计较，做一个宽容的人，不仅是对自己的宽恕，也是一种美德，会得到其他人的尊重。

阅读积累

马 车

马车是马拉的车子，或载人，或运货。马车的历史极为久远，它几乎与人类的文明一样漫长。一直到19世纪，马车仍然是城市中十分重要的交通工具。人们喜欢马车的优雅和诗意，喜欢乘坐马车从容地穿过乡村大道或古旧的城区街巷去访问朋友。随着火车和汽车的出现，车轮转动的速度越来越快。至此，马车的黄金时代宣告结束。

词好句

好词归纳

大智大勇	生死不渝	顾全大局	高风亮节
威震天下	襟怀坦白	两虎相斗	器重
提拔	削弱	冲突	骄横

好句欣赏

· 后来这些话传到廉颇那里，廉颇大受感动。他想到自己对蔺相如不恭的言语和行为，深感自己错了，真是又羞又愧。好一个襟怀坦白的廉老将军，脱光了上身，背着荆条，亲自到蔺相如府上请罪。蔺相如赶紧挽起老将军。从此后，廉颇和蔺相如两个人，将相团结，一心为国，建立了生死不渝的友情。当时一些诸侯国听说了以后，都不敢侵犯赵国。

望梅止渴

精彩导读

望梅止渴，原意是梅子酸，人想吃梅子就会流涎，因而止渴。后比喻愿望无法实现，用空想安慰自己。

"望梅止渴"之事表现出曹操的聪明才智，他能在大军断绝水源、士卒渴难忍的危急情况下，提及甘酸的梅子，不仅使士卒产生条件反射、暂解干渴之苦，而且鼓舞了士气，"得及前源"。后以"望梅止渴"比喻虚偿所愿。从本文中可看出，曹操是一个机智聪明的人。

东汉末年，曹操带兵去攻打张绣，一路行军，走得非常辛苦。时值盛夏，太阳火辣辣地挂在空中，散发着巨大的热量，大地都快被烤焦了。曹操的军队已经走了很多天了，十分疲乏。这一路上又都是荒山秃岭，没有人烟，方圆数十里都没有水源。将士们想尽了办法，始终都弄不到一滴水喝。头顶烈日，战士们一个个被晒得头昏眼花，大汗淋淋，可是又找不到水喝，大家都口干舌燥，感觉喉咙里好像着了火，许多人的嘴唇都干裂得不成样子，鲜血直淌。每走几里路，就有人倒下中暑死去，就是身体强壮的士兵，也渐渐地快支撑不住了。

曹操目睹这样的情景，心里非常焦急。他策马奔向旁边一个山岗，在山岗上极目远眺，想找个有水的地方。可是他失望地发现，龟裂的土地一望无际，干旱的地区大得很。再回头看看士兵，一个个东倒西歪，早就渴得受不了，看上去怕是难以再走多远了。

曹操是个聪明的人，他在心里盘算道："这下可糟糕了，找不到水，这么耗下去，不但会贻误战机，还会有不少的人马要损

环境描写

写出当时行军的环境如此恶劣。

词苑撷英

龟裂：1.微细的裂纹；2.颜料、釉或油漆薄膜，由于老化和瓦解而产生的短而浅的裂纹；3.田地因天旱而裂开许多缝子；4.皲裂，人的皮肤因为寒冷干燥而布满裂纹或出现裂口。

失在这里，想个什么办法来鼓舞士气，激励大家走出干旱地带呢？"

曹操想了又想，突然灵机一动，脑子里蹦出个好点子。他就在山岗上，抽出令旗指向前方，大声喊道："前面不远的地方有一大片梅林，结满了又大又酸又甜的梅子，大家再坚持一下，走到那里吃到梅子就能解渴了！"

战士们听了曹操的话，想起梅子的酸味，就好像真的吃到了梅子一样，口里顿时生出了不少口水，精神也振作起来，鼓足力气加紧向前赶去。就这样，曹操终于率领军队走到了有水的地方。

曹操利用人们对梅子酸味的条件反射，成功地使士兵们克服了干渴的困难。可见人们在遇到困难时，不要一味畏惧不前，应该时时用对成功的渴望来激励自己，就会有足够的勇气去战胜困难，到达成功的彼岸。

精彩点拨

这篇寓言告诉我们在遇到困难的时候，不要一味畏惧不前，应该时时用对成功的渴望来激励自己，就会有足够的勇气去战胜困难，到达成功的彼岸。自我激励往往比别人的激励更加有效果。成功都是得来不易的，有一颗坚定自己能够克服所有困难的心是最重要的。

阅读积累

梅 子

梅子（别称青梅），属蔷薇目，是果梅树结的果，但是一般观赏的梅花是另外几种梅。梅子又名梅、青梅、梅实。梅子是落叶乔木，花红、粉红或白色，盛开于冬、春寒冷季节。果实球形，多加工为食品。果梅为蔷薇科杏属梅植物。亦称青梅、梅子、酸梅。原产中国，是亚热带特产果树。

好词好句

好词归纳

头昏眼花	大汗淋淋	畏惧不前	灵机一动
口干舌燥	一望无际	东倒西歪	极目远眺
鼓舞	盘算	渴望	激励

好句欣赏

· 战士们听了曹操的话，想起梅子的酸味，就好像真的吃到了梅子一样，口里顿时生出了不少口水，精神也振作起来，鼓足力气加紧向前赶去。就这样，曹操终于率领军队走到了有水的地方。

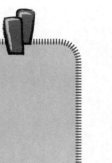

为虎作伥

精彩导读

　　这篇寓言涉及一个传说：相传虎啮人死，死者不敢他适，辄隶事虎。名为伥鬼。伥为虎前导，途遇暗机伏陷，则迂道往。人遇虎，衣带自解，皆伥所为。虎见人伥而后食之。

　　旧时迷信，认为被老虎咬死的人，他的鬼魂又帮助老虎伤人，称为伥鬼。比喻帮助恶人作恶，帮坏人干坏事，帮凶。当然，帮助坏人是错误的。

词 苑撷英

叽叽喳喳：
形容杂乱细碎的声音，又作唧唧喳喳，比喻人多嘈杂使人厌恶的现象；给人一种厌烦的感觉。

　　传说被老虎吃掉的人，死后变作"伥"（chāng），伥会死心塌地地为老虎奔走效劳。

　　有个叫马拯的读书人，爱好游历山水。这一天，他来到五岳之一的南岳衡山。衡山风景秀丽，马拯忘情山水，在松林间转悠，不知不觉到了黄昏，看来这个晚上他是走不出去了。

　　马拯正着急，忽然看到前面大树上搭着一个窝棚，上面一个猎人正朝他示意。马拯一低头，看见原来就在前面不远是猎人设的一个陷阱，马拯吓了一跳说："好险！"

　　猎人从树上跳下来，问道："你是什么人？怎么天黑了还在林子里转悠？"

　　马拯把自己贪恋山水而忘了时间的事说给猎人听了。猎人说："这里老虎很多，十分危险，你一个人不要再走了，就在我这里过一夜吧。"猎人边说，边走到陷阱边，架好捕虎用的机关，然后带马拯登上大树的窝棚。马拯一个劲儿地道谢。

　　半夜里，马拯从睡梦中醒来，忽听得树下叽叽喳喳有许多人在讲话，声音越来越近。马拯警觉起来，借着月光，看见前面走来一大群人，有男有女，有老有少，总共怕有几十人。当这些人走到马拯和猎人栖身的大树近旁时，走在前面的那人忽然发现了陷阱，十分生气地叫起来："你们看！是谁在这里暗设了机关陷阱，想谋害我们大王！真是太可恶了！是谁竟敢如此大胆！"说着，和另外两个人一起将猎人设在陷阱上的机关给拆卸下来，然后才前呼后拥互相招呼着走过去了。

待这伙人走后，马拯赶紧叫醒猎人，把刚才的一幕告诉了猎人。猎人说："那些家伙叫作伥，他们原本都是被老虎吃掉的人，可是他们变作伥鬼后，反而死心塌地为老虎服务，晚间老虎出来之前，他们便替老虎开路。"马拯听后明白了，他对猎人说："那他们刚才所说的大王一定是老虎了。老虎可能不多久就要来了，你赶快再去把机关架好。"

猎人敏捷地从树上下来，把陷阱上的机关重新架好，刚登上大树，只听一阵狂叫，一只凶猛的老虎从山上直窜过来，一下扑到陷阱的机关上，只听"嗖"的一声，一支弩箭弹出，正中老虎心窝。只见老虎狂暴地跳起，大声吼叫，叫声直震得松林发抖，老虎挣扎了一阵儿，倒在地上死了。

老虎巨大的哀叫声，惊动了已走了很远的伥鬼们，他们纷纷跑回来，趴在胸口还流着血的死老虎身上大哭起来，边哭还边伤心地哀号着："是谁杀死了我们大王呀！是谁杀死了我们大王呀！"

马拯在树上听得明白，不由得大怒，他厉声骂道："你们这些伥鬼！自己是怎么做的鬼还一点儿也不知道，你们原本就死在老虎嘴里，至今还执迷不悟，还为老虎痛哭！真令人气愤！"

这些伥鬼，自己明明被坏蛋害死，可是死后还要做坏蛋的帮凶，实是可恨。

精彩点拨

　　这篇寓言告诉我们，不能帮助坏人做恶事，成为他人的帮凶，否则最后就会害人害己；做坏事之所以能成功，是因为有强大的武力支持。试问：没有老虎提供武力支持，这个坏事还能做得成吗？它隐藏的含义是：要想为民除害，先要把老虎弄走，没了武力支持的坏人是做不成坏事的。因为他以前做坏事别人不敢反抗是因为害怕老虎，现在老虎不在了，他再欺负别人，别人就敢反抗了，他的坏事就做不成了。

 读积累

衡 山

　　衡山，又名南岳、寿岳、南山，为中国"五岳"之一，位于中国湖南省中部偏东南部，绵亘于衡阳、湘潭两盆地间，主体部分位于衡阳市南岳区、衡山县和衡阳县东部。衡山的命名，据战国时期《甘石星经》记载：因其位于星座二十八宿的轸星之翼，"变应玑衡"，"铨德钩物"，犹如衡器，可称天地，故名衡山。

 词好句

好词归纳

风景秀丽	执迷不悟	前呼后拥
死心塌地	不知不觉	

好句欣赏

· 马拯把自己贪恋山水而忘了时间的事说给猎人听了。猎人说："这里老虎很多，十分危险，你一个人不要再走了，就在我这里过一夜吧。"猎人边说，边走到陷阱边，架好捕虎用的机关，然后带马拯登上大树的窝棚。马拯一个劲儿地道谢。

守株待兔

精彩导读

后人们常用守株待兔的故事批判那些不知变通，死守教条的思想方法。不靠自己勤勤恳恳的劳动，而想靠碰好运过日子，是不会有好结果的。我们一定不能做"守株待兔"式的蠢人，而是要主动积极地做事情，不投机取巧，亲自动手。人只有自己付出努力，才能有收获。

宋国有一个农夫，每天在田地里劳动，一年四季，早上天一亮就起床，扛着锄头往田野走；傍晚太阳快落山了，又扛着锄头回家。他实在是很辛苦。

有一天，这个农夫正在地里干活，突然一只野兔从草丛中窜出来。野兔见到有人而受了惊吓。它拼命地奔跑，不料一下子撞到农夫地头的一截树桩子上，折断脖子死了。农夫放下手中的农活，走过去捡起死兔子。他非常庆幸自己的好运气。

词苑撷英

香喷喷：形容香气四溢。

晚上回到家，农夫把死兔交给妻子。妻子做了香喷喷的野兔肉，两口子有说有笑美美地吃了一顿。

第二天，农夫照旧到地里干活，可是他再不像以往那么专心了。他干一会儿就朝草丛里瞄一瞄、听一听，希望再有一只兔子窜出来撞在树桩上。就这样，他心不在焉地干了一天活，该锄的地也没锄完。直到天黑也没见到有兔子出来，他很不甘心地回家了。

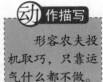

动作描写

形容农夫投机取巧，只靠运气什么都不做。

第三天，农夫来到地边，已完全无心锄地。他把农具放在一边，自己则坐在树桩旁边的田埂上，专门等待野兔子窜出来。可

是他又白白地等了一天。

后来，农夫每天就这样守在树桩边，希望再捡到兔子，然而他始终没有再得到。而农夫地里的野草却越长越高，把他的庄稼都淹没了。农夫因此成了宋国人议论的笑柄。

把一次偶然的事件当作常有的现象、看成是一种必然规律的做法是缺乏根据和十分轻率的。一个人如果那样去看问题，就会做出像这个宋国人一样的蠢事来。

精彩点拨

　　这个故事告诉我们，不靠自己勤勤恳恳的劳动，而想靠碰好运过日子，是不会有好结果的。我们一定不能做"守株待兔"式的蠢人，而是要主动积极地做事情，不投机取巧，亲自动手。只有自己付出努力，才能有收获。

阅读积累

田　埂

　　田间稍高于地面的狭窄小路，也叫埂子，意思是田间的埂子，用以分界并蓄水。田埂的用途还包括供人行走和种植作物。要车水灌田，须先做好田埂。

词好句

好词归纳

惊吓	傍晚	偶然	庆幸
始终	有说有笑	笑柄	心不在焉
规律	轻率	淹没	田埂
树桩	锄头		

好句欣赏

· 有一天，这个农夫正在地里干活，突然一只野兔从草丛中窜出来。野兔见到有人而受了惊吓。它拼命地奔跑，不料一下子撞到农夫地头的一截树桩子上，折断脖子死了。农夫放下手中的农活，走过去捡起死兔子。他非常庆幸自己的好运气。

揠苗助长

精彩导读

这篇寓言告诉我们发挥主观能动性必须以尊重客观规律为基础和前提，告诉我们不论做任何事情都不能急于求成，要稳扎稳打才能一步一步接近目标。人们对于一切事物都必须按照客观规律去发挥自己的主观能动性，才能把事情做好。反之，单凭自己的主观愿望去做，即使有善良的愿望、美好的动机，结果也只能是适得其反。

有一个宋国人靠种庄稼为生，天天都必须到地里去劳动。太阳当空的时候，没个遮拦，宋国人头上豆大的汗珠直往下掉，浑身的衣衫被汗浸得透湿，但他却不得不顶着烈日弓着身子插秧。下大雨的时候，也没有地方可躲避，宋国人只好冒着雨在田间犁地，雨打得他抬不起头来，和着汗一起往下淌。

就这样日复一日，每当劳动了一天，宋国人回到家以后，便累得一动也不想动，连话也懒得说一句。宋国人觉得真是辛苦极了。更令他心烦的是，他天天扛着锄头去田里累死累活，但是不解人意的庄稼，似乎一点儿也没有长高，真让人着急。

语言描写

运用了语言描写，写出农民的急于求成。

这一天，宋国人耕了很久的地，坐在田埂上休息。他望着大得好像没有边的庄稼地，不禁一阵焦急又涌上心头。他自言自语地说：“庄稼呀，你们知道我每天种地有多辛苦吗？为什么你们一点都不体谅我，快快长高呢？快长高、快长高……”他一边念叨，一边顺手去拔身上衣服的一根线头，线头没拔断，却出来了一大截。宋国人望着线头出神，突然，他的脑子里蹦出一个主意：“对呀，我原来怎么没想到，就这么办！”宋国人顿时来劲

词苑撷英

锄头：锄头在河南一带又被称为“铩虎铲”，是一种我国传统的长柄农具，其刀身平薄而横装。

了，一跃而起开始忙碌……

太阳落山了，宋国人的妻子早已做好了饭菜，坐在桌边等他回来。"以往这时候早该回来了，会不会出了什么事？"她担心地想。忽然，门"吱呀"一声开了，宋国人满头大汗地回来了。他一进门就兴奋地说："今天可把我累坏了！我把每一棵庄稼都拔出来了一些，它们一下子就长高了这么多……"他边说边比画着。"什么？你……"宋国人的妻子大吃一惊，她连话也顾不上说完，就赶紧提了盏灯笼深一脚浅一脚地跑到田里去。可是已经晚了，庄稼全都枯死了。

自然界万物的生长，都是有自己的客观规律的，人无力强行改变这些规律，只有遵循规律去办事才能取得成功。愚蠢的宋国人不懂得这个道理，急功近利，急于求成，一心只想让庄稼按自己的意愿快长高，结果落得一个相反的下场。

精 彩点拨

这篇寓言告诉我们任何事情都是有它自身的规律的，要想办法发现和利用这些规律，才能取得成功，而违背这些规律一定是失败的。天下不希望自己禾苗长得快的人很少，以为禾苗长大没有用处而放弃的人，就像是不给禾苗锄草的懒汉。妄自帮助它生长的人，就像是这个揠苗助长的人，不但没有好处，反而害了它。这个成语也告诉我们事物的发展自有它的客观规律，纯靠良好的愿望和热情是不够的，很可能效果还会与主观愿望相反。这一寓言也告诉我们：欲速则不达！

阅 读积累

庄 稼

庄稼是一个汉语词汇，意思是指传统农学将农业简单定义为种庄稼，最为普及的应是人们日常所食用的一些谷物，最为盛行的，即为"五谷"一说是黍、稷、（大、小）麦、菽（大、小豆）、稻；一说是黍、稷、麦、菽、麻。

词好句

好词归纳

日复一日	不解人意	遵循	念叨
满头大汗	大吃一惊	灯笼	忙碌

好句欣赏

·太阳落山了，宋国人的妻子早已做好了饭菜，坐在桌边等他回来。"以往这时候早该回来了，会不会出了什么事？"她担心地想。忽然，门"吱呀"一声开了，宋国人满头大汗地回来了。

善解疙瘩

　　鲁国有一个乡下人，送给宋元君两个用绳子结成的疙瘩，并说希望能有解开疙瘩的人。

　　于是，宋元君向全国下令说："凡是聪明的人、有技巧的人，都来解这两个疙瘩。"

　　宋元君的命令引来了国内的能工巧匠和许多头脑灵活的人。他们纷纷进宫解这两个疙瘩，可是却没有一个人能够解开。他们只好摇摇头，无可奈何地离去。

　　有一个叫倪说的人，不但学识丰富、智慧非凡，就连他的弟子，也很了不起。他的一个弟子对老师说："让我前去一试，行吗？"

　　倪说信任地点点头，示意他去。

　　这个弟子拜见宋元君。宋元君叫左右拿出绳疙瘩让他解。只见这个弟子将两个疙瘩打量一番，拿起其中一个，双手飞快地翻动，终于将疙瘩解开了。周围观看的人发出一片叫好声，宋元君也十分欣赏他的能干聪明。

　　第二个疙瘩还摆在案上没动静。宋元君示意倪说的这个弟子继续解第二个疙瘩。可是这个弟子十分肯定地说："不是我不能

词 苑撷英

疙瘩：1.皮肤上突起或肌肉上结成的小硬块；2.小球形或块状物；3.喻指不易解决的问题。

侧 面描写

运用了侧面描写，写出了疙瘩十分难解。

解开这个疙瘩，而是这疙瘩本来就是一个解不开的死结。"

宋元君将信将疑，于是派人找来了那个鲁国人，把倪说弟子的答案说给他听。那个鲁国人听了，十分惊讶地说："妙呀！的确是这样的，摆在案上的这个疙瘩是个没解的疙瘩。这是我亲手编制出来的。它没法解开，这一点，只有我知道。而倪说的弟子没有亲眼见我编制这个疙瘩，却能看出它是一个无法解开的死结，说明他的智慧是远远超过我的。"

天下人只知道就疙瘩解疙瘩，而不去用脑筋推敲疙瘩形成的原因，所以往往会碰到死结，解来解去，连一个疙瘩也解不开。这则寓言提醒我们，要像倪说的弟子那样用分析的眼光，区别对待不同性质的事物，这样才能绕过障碍，抓住关键，克服困难，顺利地解开自己工作中一个又一个的"疙瘩"；同时，要注意从实际出发，避免死钻牛角尖。

精彩点拨

　　这篇寓言告诉我们在面对一件事物的时候，要用分析的眼光，区别对待不同性质的事物，这样才能绕过障碍，抓住关键，克服困难，同时要注意从实际出发，避免死钻牛角尖。

阅读积累

弟 子

　　弟之子在中古时期称为弟子，弟子在当时是常用的宗亲称谓词之一。到唐代以后开始广泛地称为侄。另外，弟子，也指侄女，即弟弟的女儿。弟子即徒弟。如你对某种技艺有兴趣，想要学习，那你就需要寻找名师，以弟子的身份拜师学艺。

 **词好句**

好词归纳

能工巧匠	将信将疑	能干聪明	钻牛角尖
十分欣赏	分析	障碍	推敲

好句欣赏

· 有一个叫倪说的人，不但学识丰富、智慧非凡，就连他的弟子，也很了不起。他的一个弟子对老师说："让我前去一试，行吗？"

· 倪说信任地点点头，示意他去。

· 这个弟子拜见宋元君。宋元君叫左右拿出绳疙瘩让他解。只见这个弟子将两个疙瘩打量一番，拿起其中一个，双手飞快地翻动，终于将疙瘩解开了。

高价买邻

精彩导读

　　这篇寓言告诉我们，所谓"近朱者赤，近墨者黑"，环境对于一个人各方面的影响是不容忽视的，所以我们应当万分珍惜身边的良师益友。我们应靠近那些能够帮助我们成长、给我们启示的人，有一双能够分辨善恶和是非的眼睛；远离那些作恶多端的人。

词 苑撷英

耐心：有耐性；不厌烦。

设 问手法

季雅自问："到哪里去住呢？"从中看出季雅是清正廉洁的好官。

　　南朝时候，有个叫吕僧珍的人，生性诚恳老实，又是饱学之士，待人忠实厚道，从不跟人家要心眼。吕僧珍的家教极严，他对每一个晚辈都耐心教导、严格要求、注意监督，所以他家形成了优良的家风，家庭中的每一个成员都待人和气、品行端正。吕僧珍家的好名声远近闻名。

　　南康郡守季雅是个正直的人，他为官清正耿直，秉公执法，从来不愿屈服于达官贵人的威胁利诱，为此他得罪了很多人，一些大官僚视他为眼中钉、肉中刺，总想除去这块心病。终于，季雅被革了职。

　　季雅被罢官以后，一家人只好从壮丽的大府第搬了出来。到哪里去住呢？季雅不愿随随便便地找个地方住下，他颇费了一番心思，离开住所，四处打听，看哪里的住所最符合他的心意。

　　很快，他就从别人口中得知，吕僧珍家是一个君子之家，家风极好，不禁大喜。季雅来到吕家附近，发现吕家子弟个个温文尔雅，知书达理，果然名不虚传。说来也巧，吕家隔壁的人家要搬到别的地方去，打算把房子卖掉。季雅赶快去找这家要卖房子的主人，愿意出1100万钱的高价买房，那家人很是满意，二话不说就答应了。

于是季雅将家眷接来，就在这里住下了。

吕僧珍过来拜访这家新邻居。两人寒暄一番，谈了一会儿话。吕僧珍问季雅："先生买这幢宅院，花了多少钱呢？"季雅据实回答。吕僧珍很吃惊："据我所知，这处宅院已不算新了，也不很大，怎么价钱如此之高呢？"季雅笑了，回答说："我这钱里面，100万钱是用来买宅院的，1000万钱是用来买您这位道德高尚、治家严谨的好邻居的啊！"

季雅宁肯出高得惊人的价钱，也要选一个好邻居，是因为他知道好邻居会给他的家庭带来良好的影响。所谓"近朱者赤，近墨者黑"，环境对于一个人各方面的影响，是不容忽视的，我们应当万分珍惜身边的良师益友。

精彩点拨

这篇寓言告诉我们环境对于一个人各方面的影响，是不容忽视的，我们应当万分珍惜身边那些可以跟你一同积极进步的人。在选择朋友的时候也要精挑细选，每一个身边的人都会产生非常大的影响，不要不相信，更不要小觑。

阅读积累

吕僧珍

吕僧珍（453—511），字元瑜，东平郡范县人，南北朝时期南梁开国功臣。吕僧珍出身寒微，早年跟随丹阳尹萧顺之（南梁太祖），在南齐历任典签、主簿、督邮、羽林监等职。后依附雍州刺史萧衍（南梁高祖），助其起兵反对东昏侯萧宝卷，屡破东昏侯部下大将李居士、王珍国等。南梁建立后，吕僧珍升任冠军将军、前军司马，封平固县侯。后入直秘书省，总领宫中宿卫。天监五年（506），领军参与北伐。又出任使持节、平北将军、南兖州刺史。累官至领军将军、散骑常侍。天监十年（511），吕僧珍去世，年五十八岁。获赠骠骑将军、开府仪同三司，谥号"忠敬"。

好词归纳

忠实厚道　　近墨者黑　　近朱者赤　　名不虚传

威胁利诱　　良师益友　　随随便便　　壮丽

好句欣赏

· 南康郡守季雅是个正直的人，他为官清正耿直，秉公执法，从来不愿屈服于达官贵人的威胁利诱，为此他得罪了很多人，一些大官僚视他为眼中钉、肉中刺，总想除去这块心病。

· 很快，他就从别人口中得知，吕僧珍家是一个君子之家，家风极好，不禁大喜。季雅来到吕家附近，发现吕家子弟个个温文尔雅，知书达理，果然名不虚传。

邯郸学步

精彩导读

这篇寓言告诉我们一个人一定要有主见，不要盲目崇拜和效仿别人。别人的长处固然应当积极学习和汲取，用来弥补自己的短处；但是，一味地为了学习、效仿他人，结果别人好的东西没学到而把自己的长处丢掉，这是贻笑大方的事情。说白了就是：一切从实际出发！

战国时候，燕国有个青年人，他听说赵国都城邯郸的人特别有风度，他们走起路来，不紧不慢，又潇洒又优雅，那姿势特别好看。于是这位燕国青年决定要去赵国学邯郸人走路的姿势。他不顾家人的反对，带上盘缠，跋涉千里，专程赶到邯郸一心要学邯郸人走路的样子。

他来到大街上，看着来来往往的人群，看得他都发了呆，不知该怎样迈开步子。这时，迎面走来一个人，年龄和这位燕国青年相仿，那走路的样子实在令人羡慕。于是等那人走过，燕国青年便跟在他后面模仿，那人迈左脚，燕国青年也迈左脚，那人迈右脚，燕国青年也迈右脚，稍一不留心，他就搞乱了左右，搞得他十分紧张，哪还顾得了什么姿势。眼看那人越走越远，燕国青年渐渐跟不上了，他只好又回到原地。接着他又盯住了一个年纪稍大的人，他又跟在别人身后亦步亦趋地学走路，引得街上的人都停下脚步观看，有的人还捂着嘴笑。几天下来，他累得腰酸腿疼，但学去学来总是学不像。

燕国青年心想，学不好的原因肯定是自己原来走惯了的老姿势和步法，于是，他下决心丢掉自己原来的习惯走法，从头开始

苑撷英

羡慕：爱慕，钦慕，希望自己也有。

理描写

写出主人公犹豫不决，没主见。

41

学习走路，一定要把邯郸人的步法学到手。

可是，一连过了好几个月，燕国青年越学越差劲，不仅连邯郸人的走法没学会，而且把自己原来是怎么走路的也全忘了。眼看带来的盘缠已经花光，自己一无所获，他十分沮丧，于是只好回家了。可是他又忘了自己原来是怎样走路的，竟然迈不开步子了。无奈，燕国青年只好在地上爬着回去，那样子好不狼狈。

看来，生搬硬套的学习方法是不可取的，不但没学到别人的，反而连自己原有的也给丢了，真是大可不必。

彩色点拨

这篇寓言告诉我们，每个人都要勤于向别人学习，虽然向别人学习是对的，但是不要一味地去学习他人，一定要从自己的实际出发，取人之长，补己之短。一味地学习不会取得效果，还会浪费时间，也是得不偿失的。

阅读积累

盘 缠

盘缠是古代的路费。古钱是中间有孔的金属硬币，常用绳索将一千个钱币成串再吊起来，人们在出远门办事探亲之时，只能带上笨重的成串铜钱，把铜钱盘起来缠绕腰间，既方便携带又安全，因此古人便将这又"盘"又"缠"的旅费叫"盘缠"了。

词好句

好词归纳

| 不紧不慢 | 跋涉千里 | 大可不必 | 生搬硬套 |
| 十分沮丧 | 狼狈 | 盘缠 | 无奈 |

好句欣赏

· 可是，一连过了好几个月，燕国青年越学越差劲，不仅连邯郸人的走法没学会，而且把自己原来是怎么走路的也全忘了。眼看带来的盘缠已经花光，自己一无所获，他十分沮丧，于是只好回家了。可是他又忘了自己原来是怎样走路的，竟然迈不开步子了。无奈，燕国青年只好在地上爬着回去，那样子好不狼狈。

丑妇效颦

精彩导读

　　这篇寓言告诉我们虽然爱美之心人人有，但是不要不顾自身条件而盲目模仿他人。不顾自己的实际条件，机械地去模仿别人，结果只会是弄巧成拙、越学越糟！不应该一味地去模仿别人，更不能知其然而不知其所以然，这样结果只会适得其反！

苑撷英

柔弱：常指体弱，易感疲劳的；易得病的（身体柔弱），容易受疾病或其他灾祸影响的。

比手法

写出了好看却不一定合适。

　　春秋时期，越国有一位美女名叫西施。她的美貌简直到了倾国倾城的程度。无论是她的举手投足，还是她的音容笑貌，样样都惹人喜爱。西施略用淡妆，衣着朴素，走到哪里，哪里就有很多人向她行"注目礼"，没有人不惊叹她的美貌。

　　西施患有心口疼的毛病。有一天，她的病又犯了，只见她手捂胸口，双眉皱起，流露出一种娇媚柔弱的女性美。当她从乡间走过的时候，乡里人无不睁大眼睛注视。

　　乡下有一个丑女子，不仅相貌难看，而且没有修养。她平时动作粗俗，说话大声大气，却一天到晚做着当美女的梦。今天穿这样的衣服，明天梳那样的发式，却仍然没有一个人说她漂亮。

　　这一天，她看到西施捂着胸口、皱着双眉的样子竟博得这么多人的青睐，因此回去以后，她也学着西施的样子，手捂胸口、紧皱眉头，在村里走来走去。哪知这丑女的矫揉造作使她原本就丑陋的样子更难看了。其结果，乡间的富人看见丑女的怪模样，马上把门紧紧关上；乡间的穷人看见丑女走过来，马上拉着妻、带着孩子远远地躲开。人们见了这个怪模怪样模仿西施心口疼、在村里走来走去的丑女人，简直像见了瘟神一般。

这个丑女人只知道西施皱眉的样子很美，却不知道她为什么很美，而去简单模仿她的样子，结果反被人讥笑。看来，盲目模仿别人的做法是愚蠢的。

精彩点拨

通过这篇寓言，我们可以学习到，不管我们做什么事都要先了解自身情况，不能一味地去模仿别人，否则结果只会适得其反，比喻不了解人家真正长处，而去生搬硬套，结果事与愿违。也泛指机械的模仿者愚蠢可笑。

阅读积累

瘟　神

传说中能散播瘟疫的恶神，比喻作恶多端、面目可憎的人或邪恶势力。起源于瘟疫发生的原因无法用医学来解释的年代，人们把瘟神的横行看作精灵、鬼怪、瘟神等的作为。瘟神是古代中国民间信仰中的司瘟疫之神，分别为春瘟张元伯、夏瘟刘元达、秋瘟赵公明、冬瘟钟仕贵、总管中瘟史文业，是传说中能散播瘟疫的恶神。

 词好句

好词归纳

青睐　　愚蠢　　　矫揉造作　　怪模怪样　　美貌

讥笑　　倾国倾城　惹人喜爱　　紧皱眉头　　注视

好句欣赏

· 春秋时期，越国有一位美女名叫西施。她的美貌简直到了倾国倾城的程度。无论是她的举手投足，还是她的音容笑貌，样样都惹人喜爱。西施略用淡妆，衣着朴素，走到哪里，哪里就有很多人向她行"注目礼"，没有人不惊叹她的美貌。

感受内美

精彩导读

只有内在的美才可靠长久，值得追求和尊崇。虽然外在的容貌、身材、风采和权位、财产等也很吸引人，可内在的品德、学识、才能和真诚、自信等给人的感受则更有魅力。

春秋时期，卫国有个名叫哀骀（tái）它（tuō）的人，他虽然相貌丑陋，可不管是男人还是女人都非常喜欢和他交往，相处亲近随和，舍不得离去。有一些女人甚至说："与其做别人的妻子，还不如做他的小妾。"

他一无权位，二无财产，也没有什么高深的理论和显赫的功绩，可是外表粗陋、其貌不扬的这个丑人却受到几乎所有人的喜爱和赞美。这使得鲁国的鲁哀公惊异不已，于是就派人把哀骀它从卫国请回鲁国加以考察。相处不到一个月，鲁哀公觉得哀骀它在平淡中确有不少过人之处，不到一年，就很信任他了。不久，宰相的位置空缺，鲁哀公便让哀骀它上任管理国事。可哀骀它却淡淡然无心做官，虽在再三要求下参议了国事，但不久还是谢辞了高位厚禄，回到他在卫国的陋室中去了。

对此，鲁哀公求教于孔子："他究竟是怎样一种人呢？"孔子借喻道："我曾经在楚国看见一群小猪在刚死的母猪身上吃奶，一会儿都惊恐地逃开了，因为小猪发现母猪已不像活着时那样亲切。可见小猪爱母猪不是爱它的形体，而是爱主宰它形体的精神，爱它内在的品性。哀骀它这个人虽然外表不美，但他的品

侧面描写

运用了侧面描写，写出了哀骀它的内在美，良好的性格和人品，十分有魅力。

词苑撷英

粗陋：粗糙而简陋。

德和才情等内在之美必定已超越一般人很多，所以您和许多人才喜欢他。"

这个故事告诉我们，只有内在的美才可靠长久，值得追求和尊崇。虽然外在的容貌、身材、风采和权位、财产等也很吸引人，可内在的品德、学识、才能和真诚、自信等给人的感受则更有魅力。

精 彩点拨

这篇寓言告诉我们只有内在的美才可靠长久，值得追求和尊崇。虽然没有一些外在吸引人，但更有感觉和魅力。这个故事告知人们，只有本质的美才靠谱长久，最该追求完美和崇敬。尽管外在的容颜、身形、风采和权位、资产等也很吸引人，可本质的品行、见识、才能和真心实意、信心等给人的体会则更有风采。

阅 读积累

鲁 国

鲁国，周朝的同姓诸侯国之一。姬姓，侯爵。周武王灭商，建立周朝后，封其弟周公旦于少昊之虚曲阜，是为鲁公。鲁公之"公"并非爵位，而是诸侯在封国内的通称。鲁公即鲁侯。周公旦不去赴任，留下来辅佐武王，武王死后辅佐周成王。其子伯禽，即位为鲁公，而淮夷、徐戎作乱，伯禽作《肸誓》，平徐戎，定鲁。鲁国先后传二十五世，经三十六位国君。

 好词好句

好词归纳

惊异不已	尊崇	其貌不扬	陋室
借喻	显赫	尊崇	谢辞
考察	厚禄	惊恐	主宰

好句欣赏

· 对此，鲁哀公求教于孔子："他究竟是怎样一种人呢？"孔子借喻道："我曾经在楚国看见一群小猪在刚死的母猪身上吃奶，一会儿都惊恐地逃开了，因为小猪发现母猪已不像活着时那样亲切。可见小猪爱母猪不是爱它的形体，而是爱主宰它形体的精神，爱它内在的品性。哀骀它这个人虽然外表不美，但他的品德和才情等内在之美必定已超越一般人很多，所以您和许多人才喜欢他。"

南辕北辙

精彩导读

　　做任何事情方向比努力重要，所谓"不忘初心，方得始终"就是这个道理，如果朝自己目标相反的方向奋斗，无论付出了多大的代价和努力，终是背道而驰做无用功，浪费了精力、时间与成本，到头来于事无补；而只有方向正确，再充分发挥自己的主观能动性和有利的条件，并积极地行动起来，才能取得如愿的成果！

词 苑撷英

精湛：精熟深通。

语 言描写

写出主人公不听劝告，狂妄自大，愚昧至极。

　　从前有一个人，从魏国到楚国去。他带上很多的盘缠，雇了上好的车，驾上骏马，请了驾车技术精湛的车夫，就上路了。楚国在魏国的南面，可这个人不问青红皂白让驾车人赶着马车一直向北走去。

　　路上有人问他的车是要往哪儿去，他大声回答说："去楚国！"路人告诉他说："到楚国去应往南方走，你这是在往北走，方向不对。"那人满不在乎地说："没关系，我的马快着呢！"路人替他着急，拉住他的马，阻止他说："方向错了，你的马再快，也到不了楚国呀！"那人依然毫不醒悟地说："不打紧，我带的路费多着呢！"路人极力劝阻他说："虽说你路费多，可是你走的不是那个方向，你路费多也只能白花呀！"那个一心只想着要到楚国去的人有些不耐烦地说："这有什么难的，我的车夫赶车的本领高着呢！"路人无奈，只好松开了拉住车把子的手，眼睁睁看着那个盲目上路的魏人走了。

　　那个魏国人，不听别人的指点劝告，仗着自己的马快、钱多、车夫好等优越条件，朝着相反方向一意孤行。那么，他条件越好，他就只会离要去的地方越远，因为他的大方向错了。

这篇寓言告诉我们，无论做什么事，都要首先看准方向，才能充分发挥自己的有利条件；如果方向错了，那么有利条件只会起到相反的作用。

彩点拨

这篇寓言告诉我们在做一件事之前首先要看准方向，才能充分发挥自己的优势到达目的地；如果方式用错了，或者目标不切实际，那么就会适得其反，甚至到最后竹篮打水一场空。所以方向是非常重要的。

读积累

魏 国

魏国是周朝周王族诸侯国之一，战国七雄之一，国姓是姬姓、魏氏，君主有魏文斌、魏武侯等。魏国在战国历史中是最先强盛而称雄的国家，共历179年。魏国始都安邑（今山西夏县），公元前430年，为了变法图强，称雄图霸，魏文侯把都城从安邑迁都洹水（今河北魏县），公元前364年，魏惠王从安邑迁都大梁（今河南开封），此后魏国亦称梁国，公元前225年为秦国所灭。

词好句

好词归纳

一意孤行	青红皂白	毫不醒悟	指点
劝告	优越	盲目	劝阻
满不在乎	眼睁睁	不耐烦	发挥

好句欣赏

·那个魏国人，不听别人的指点劝告，仗着自己的马快、钱多、车夫好等优越条件，朝着相反方向一意孤行。那么，他条件越好，他就只会离要去的地方越远，因为他的大方向错了。

曲高和寡

精彩导读

出自战国·楚·宋玉《对楚王问》："引商刻羽，杂以流徵，国中属而和者不过数十人而已。是其曲弥高，其和弥寡。"意思是曲调高深，能跟着唱的人很少。旧指知音难得。现比喻言论或作品不通俗，能了解的人很少。意谓乐曲的格调越高能跟着唱的人就越少。比喻言行卓越不凡则知音难得，或作品艰深高妙则之知者甚少。

词 苑撷英

阶级：人们在社会上由于所处地位不同和对生产资料关系不同而分成的集团。

动 作描写

运用了动作描写，写出了宋玉的恐慌。

战国末年，楚国的顷襄王经常听到有人说宋玉的坏话，于是就把宋玉召来，当面问他："先生恐怕是有一些行为不够检点的地方吧？不然，为什么各个阶层都有人对你不满呢？"

聪明的宋玉一听这话，知道大事不好，灾难就要临头了，赶紧伏在地上，诚惶诚恐地说："是的，大王说的也许都是事实。但我还是请大王能够宽恕我的罪过，容我把话说完。"

顷襄王答应了宋玉的请求，宋玉就讲了一个故事——

在先王的时代，有位歌唱家来到楚国的郢（yǐng）都，当他开始演唱通俗歌曲《下里》和《巴人》时，有几千人聚在一起随声和唱；接下来他唱起了民谣《阳阿（ē）》和《薤（xiè）露》，这时能跟着和唱的还有几百人；最后他唱起了高雅歌曲《阳春》和《白雪》，这时还能跟着哼哼的就只剩几十人了；而当这位歌唱家将五音的美妙发挥到了极致，创造出了一种悠扬婉转、令人陶醉的意境时，仍能欣赏和跟唱的就只有几个人了。请问，这是什么原因呢？它说明歌曲越是高雅深奥，能跟随和唱的人就会越少。

故事讲完之后，宋玉偷眼看了一下顷襄王的神情，只见他若有所思，频频点头。宋玉心里有底了，于是更是放开胆子，高谈阔论起来……

所以呀，在鸟类中有凤凰，在鱼类中有大鲲。凤凰振翅高飞，可达九千里云天，那些在篱笆间跳跃的小鸟，又哪里能像凤凰一样知道天高地大呢？大鲲清晨从昆仑山脚出发，中午来到渤海湾的碣石处晒太阳，傍晚又到孟诸湖去歇息，那些只会在小水塘里打滚的小鲵（ní），又怎么能像大鲲这样探测江阔海深呢！其实，岂止是在鸟类中有凤凰，鱼类中有大鲲，人类中不也有一些特殊的人物吗？他们美好的思想和行为都超出于一般民众，那些凡夫俗子，又怎么可能理解我的所作所为呢？

宋玉的这番辩解，终于使顷襄王改变了对他的看法，并因此避免了一时的祸患。但是，宋玉这种自命清高、妄自尊大、孤芳自赏、脱离民众的言行，却是不足为训的。

精彩点拨

高深的东西只有少数人能理解，如果你想和群众打成一片，就要学习群众的语言。高调必然难以合拍，因为"曲高"往往"和寡"，这把大尺子坚硬而沉重，就像一堵围墙，外面的人要进来却总是碰壁，他自己要出去也找不到出路。如果不合群，即使是再有能力的人，也难以得到别人的拥护。至察者无朋，一味对别人苛刻、挑剔，只能让别人和自己合不来。真正有修养的人会以宽容、豁达的胸襟对待周围的人，包括他们的失误和缺点。容人就不要过于精明，在给他人创造一个宽松的人际环境的同时，也给自己一个快乐的空间。

阅读积累

凤　凰

凤凰，号称鸟中之王，是传说中的一种神鸟。兽中之王是麒麟，鸟中之王是凤凰。在古代，皇帝一般被称作龙，比如"真龙天子""龙体欠安"等。而皇后一般被称作"凤"。

好词归纳

诚惶诚恐	妄自尊大	孤芳自赏	凡夫俗子
天高地大	振翅高飞	令人陶醉	江阔海深
若有所思	所作所为	高谈阔论	高雅深奥

好句欣赏

· 所以呀，在鸟类中有凤凰，在鱼类中有大鲲。凤凰振翅高飞，可达九千里云天，那些在篱笆间跳跃的小鸟，又哪里能像凤凰一样知道天高地大呢？大鲲清晨从昆仑山脚出发，中午来到渤海湾的碣石处晒太阳，傍晚又到孟诸湖去歇息，那些只会在小水塘里打滚的小鲵（ní），又怎么能像大鲲这样探测江阔海深呢！其实，岂止是在鸟类中有凤凰，鱼类中有大鲲，人类中不也有一些特殊的人物吗？他们美好的思想和行为都超出于一般民众，那些凡夫俗子，又怎么可能理解我的所作所为呢？

各有所长

　　甘戊出使齐国，前去游说齐王，走了几天来到一条大河边，甘戊无法向前，他只好求助于船夫。

　　船夫划着船靠近岸边，见甘戊一副士人打扮，便问："你要过河去干什么？"

　　甘戊说："我要到齐国去，替我的国君游说齐王。"

　　船夫满不在乎地指着河水说："这条河只不过是个小小的缝隙而已，您都不能靠自己的本事渡过去，您怎么能替国君充当说客呢？"

　　甘戊反驳船夫说："您说的并不对呀。您不了解世上的万事万物，它们各有各的道理，各有各的规律，各有各的长处，也各有各的短处。比方说，兢兢业业的人忠厚老实，他可以辅佐君王，但却不能替君王带兵打仗；千里马日行千里，为天下骑士所看重，可是如果把它放在室内捕捉老鼠，那它还不如一只小猫顶用。宝剑干将，是天下少有的宝物，它锋利无比、削铁如泥，可是给木匠拿去砍木头的话，它还比不上一把普通的斧头。就像你我，要说抢桨划船，在江上行驶，我的确远远比不上你；可是若论出使大小国家、游说各国君主，你能跟我比吗？"

　　语言描写

　　运用了语言描写，写出船夫愚昧、自大。

　　词苑撷英

　　兢兢业业：形容做事谨慎、勤恳。兢兢：形容小心谨慎；业业：畏惧的样子。

船夫听了甘戊一席话，顿时无言以对，也似乎长了不少知识。他心悦诚服地请甘戊上船，送甘戊过河。

若只是拿自己的长处去指责别人的短处，那就太片面了。

无论事物，人都有长处短处，我们应该去弥补缺陷，增加自己的长处。寓言是用假托的故事来说明一个道理或教训。寓言中的故事都是讽喻和比况，具有讽刺或劝诫的性质，它所写的人或人格化了的物，大都是反面的或性格有缺陷的，不注重形象的具体描绘。

读积累

干 将

干将是古代传说的一把剑，十大名剑之一。干将、莫邪是干将、莫邪铸的两把剑。干将是雄剑，莫邪是雌剑。干将"采五山之铁精，六合之金英"，以铸铁剑。三月不成。莫邪"断发剪爪，投于炉中，使童男童女三百人鼓橐装炭，金铁乃濡，遂以成剑"。

词好句

好词归纳

天高地大	无言以对	忠厚老实	各有各的
削铁如泥	锋利无比	心悦诚服	日行千里
兢兢业业	片面		

好句欣赏

· 甘戊反驳船夫说："您说的并不对呀。您不了解世上的万事万物，它们各有各的道理，各有各的规律，各有各的长处，也各有各的短处。比方说，兢兢业业的人忠厚老实，他可以辅佐君王，但却不能替君王带兵打仗；千里马日行千里，为天下骑士所看重，可是如果把它放在室内捕捉老鼠，那它还不如一只小猫顶用。宝剑干将，是天下少有的宝物，它锋利无比、削铁如泥，可是给木匠拿去砍木头的话，它还比不上一把普通的斧头。

夫妻妒影

精彩导读

从前有一个很善妒的女人，一次她在酒缸里看到一个女人的影子，就怀疑是丈夫对自己不忠，和丈夫大打出手。两个人都不甘示弱，最后两败俱伤，葡萄酒缸也碎了。最后妻子才意识到自己误会了丈夫，但是一切悔之晚矣，赔了夫人又折兵。

有一对夫妇，他们的心胸很狭窄，总爱为一点小事争吵不休。有一天，妻子做了几样好菜，想到如果再来点酒助兴就更好了。于是她就拿瓢到酒缸里去取酒。

妻子探头朝缸里一看，瞧见了酒中倒映着的自己的影子。她也没细看，一见缸中有个女人，以为是丈夫对自己不忠，偷着把女人带回家来藏在缸里，嫉妒和愤怒一下子冲昏了她的头脑，她连想都没想就大声喊起来："喂，你这个混蛋死鬼，竟然敢瞒着我偷偷把别人的女人藏在缸里面。你快过来看看，看你还有什么话说。"

丈夫听了糊里糊涂的，不知道发生了什么事情，赶紧跑过来往缸里瞧，看见的是自己的影子。他一见是个男人，也不由分说地骂起来："你这个坏婆娘，明明是你领了别的男人回家，暗地里把他藏在酒缸里面，反而诬陷我，你到底安的是什么心？！"

"好哇，你还有理了！"妻子又探头往缸里看，见还是先前的那个女人，以为是丈夫故意戏弄她，不由勃然大怒，指着丈夫说："你以为我是什么人，是任凭你哄骗的吗？你，你太对不起我了……"妻子越骂越气，举起手中的水瓢就向丈夫扔过去。

词 苑撷英

嫉妒：因人胜过自己而产生的忌恨心理。

语 言描写

运用了语言描写，写出夫妻心胸狭隘，小气善妒和无知。

丈夫侧身一闪躲开了，见妻子不仅无理取闹还打自己，也不甘示弱，于是还了妻子一个耳光。这下可不得了，两人打成一团，又扯又咬，简直闹得不可开交。

最后闹到了官府，官老爷听完夫妻二人的话，心里顿时明白了大半，就吩咐手下把缸打破。一个侍卫抢起大锤，一锤下去，葡萄酒从被砸破的大洞汩汩流了出来。不一会儿，葡萄酒流光了，缸里也就没有人影了。

夫妻二人这才明白他们嫉妒的只不过是自己的影子而已，心中很是羞惭，于是就互相道歉，重又和好如初了。

这对夫妻见到自己的影子时，毫不思考分析就被嫉妒冲昏了头脑了，佐了和气。我们遇到怀疑的事，不要过早下结论，要客观、理智地去分析，才能够了解真相。

精彩点拨

这篇寓言告诉我们在生活中不管遇到什么事情都不要冲动，保持冷静，凡事要调查清楚再说话，做决定，采取行动。嫉妒是一把利剑，能够斩断夫妻之间的良好关系。嫉妒也是恶魔，能够让人变得疯狂。

阅读积累

葡萄酒

葡萄酒是以葡萄为原料酿造的一种果酒。其酒精度高于啤酒而低于白酒。营养丰富，保健作用明显。有人认为，葡萄酒是最健康、最卫生的饮料之一。它能调整新陈代谢的性能，促进血液循环，防止胆固醇增加。还具有利尿、激发肝功能和防止衰老的功效。也是医治心脏病的辅助剂，可预防坏血病、贫血、脚气病、消化不良和眼角膜炎等疾病。常饮葡萄酒可降低心脏病发病率，降低血脂和改善血管硬化。

《中国古今寓言》

 好词好句

好词归纳

毫不思考　　勃然大怒　　无理取闹　　不可开交

不甘示弱　　诬陷　　　　嫉妒　　　　汩汩

和好如初　　倒映

好句欣赏

· 最后闹到了官府，官老爷听完夫妻二人的话，心里顿时明白了大半，就吩咐手下把缸打破。一个侍卫抡起大锤，一锤下去，葡萄酒从被砸破的大洞汩汩流了出来。不一会儿，葡萄酒流光了，缸里也就没有人影了。

· 夫妻二人这才明白他们嫉妒的只不过是自己的影子而已，心中很是羞惭，于是就互相道歉，重又和好如初了。

唇亡齿寒

这就是相互牵制、相互依存，敌人和朋友是相对的，而不是绝对的，在某些特定的时候，也是可以相互转化的。在日常生活中，我们应该细心地观察周围的环境，利用可以利用的机会，让自己的利益最大化，才是根本。

词 苑撷英

犹豫：犹移。迟疑不决。

语 言描写

运用了语言描写，写出晋献公犹豫不决，做事小心谨慎。

晋献公要出兵攻打虢（guó）国，首先必须经过虞国，但是他担心虞国不肯答应借路。这时，晋国大臣荀息对献公说："您如果肯将垂棘（地名）所产的名贵玉石与屈产（地名，均属晋国领土）所出的良马奉送给虞国的国君，然后再向他借路，我想他是会答应的。"

晋献公有些犹豫地说："垂棘玉石是我祖传的宝贝，屈产宝马是我心爱的坐骑啊。如果虞国国君收下了我的这两件珍贵礼物，仍然不肯借路给我，那怎么办？"

荀息于是为献公分析道："虞国的国君如果不肯借路，他定然不敢随便收下我们的礼物；如果他收下了玉石和宝马，就一定会借路给我们。至于这两件宝贝，您有些舍不得，这也不要紧，只不过是暂时寄存在那里罢了，迟早还是要归还给您的。打个比方，我们将垂棘玉石放在虞国，就好比从内室移到了外室；而将屈产宝马放到虞国，也就好比是从内马圈牵到了外马圈一样。到时候，您如果要把这两件宝贝取回来，那还不容易吗？"

一番话说得晋献公如释重负，于是决定按荀息的计谋行事。

虞国的国君见到这两件稀世宝物后，有些动心，打算给晋国借路。这时，虞国大夫宫之奇出面劝阻说："国君可不能这样做呀！虢国是我们的邻邦，他们与我国恰似一种唇齿相依的亲密关系，如果嘴唇没有了，牙齿是会挨冻的呀！长期以来，我们两国在危难之际互相救助，这并不是什么互施恩德，而完全是战略上的互相需要啊。而今，您同意给晋国借路，让其攻打虢国。如果晋国在今天消灭了虢国，我们虞国在明天就会被晋国吃掉，这该是多么危险的事啊。"

可是，虞国国君一心贪恋晋国的宝玉和良马，听不进宫之奇的劝阻，给晋国军队让出了一条攻打虢国的必经之路。

晋国凭借自己的国力强盛、兵强马壮，很快就消灭了弱小的虢国。在班师回朝之际，又顺便剿灭了毫无准备的虞国。为此，荀息专门去虞国找回宝玉和良马，当面归还给晋献公。

晋献公望着失而复得的宝物，十分得意地说："宝玉还是我原来的那一块，没有变样；只是这马又多长了一颗牙齿，比去年大一岁了。"

虞国国君为了贪图眼前的一点小利，置国家利益于不顾，结果招致亡国的巨大灾难。这个深刻的历史教训，是值得后人深思的。

精彩点拨

这篇寓言告诉我们在生活中，要把目光放长远，不能鼠目寸光、图一时之利，要确定自己的立场，分清敌我，制定好远大的目标，保护好我们的战友，只有这样才能让自己处于不败之地。以大局为重。

阅读积累

玉 石

玉石是一种矿物质。从西方宝石文化的角度讲，玉有软、硬两种，平常说的玉多指软玉。属于最常见珠宝之一。据清进士寸开泰撰写的《腾越乡土志》记载："腾为萃数，玉工满千，制为器皿，发售滇垣各行省。上品良玉，多发往粤东、上海、闽、浙、京都。"

好词归纳

兵强马壮　　　　失而复得　　　　十分得意

班师回朝　　　　唇齿相依　　　　如释重负

好句欣赏

· 虞国的国君见到这两件稀世宝物后，有些动心，打算给晋国借路。这时，虞国大夫宫之奇出面劝阻说："国君可不能这样做呀！虢国是我们的邻邦，他们与我国恰似一种唇齿相依的亲密关系，如果嘴唇没有了，牙齿是会挨冻的呀！长期以来，我们两国在危难之际互相救助，这并不是什么互施恩德，而完全是战略上的互相需要啊。而今，您同意给晋国借路，让其攻打虢国。如果晋国在今天消灭了虢国，我们虞国在明天就会被晋国吃掉，这该是多么危险的事啊。"

铁棒磨成针

只要功夫深，铁杵磨成针。一根铁杵磨成一根针。比喻只要有毅力，肯下功夫，一定能克服困难，做出成绩。只要有恒心，再难的事情也能做成功！世界上没有困难的事情，重要的是你有一颗恒心，一颗决心。

唐代大诗人李白，幼年时便读那些经书、史书，那些书都十分深奥，他一时读不懂，便觉枯燥无味，于是他丢下书，逃学出去玩。

他一边闲游闲逛，一边东瞧西看。他看见一位老妈妈坐在磨刀石上的矮凳上，手里拿着一根粗大的铁棒子，在磨刀石上一下一下地磨着，神情专注，以至于李白在她跟前蹲下她都没有察觉。

李白不知道老妈妈在干什么，便好奇地问："老妈妈，您这是在做什么呀？"

"磨针。"老妈妈头也没抬，简单地回答了李白，依然认真地磨着手里的铁棒。

"磨针？"李白觉得很不明白，老妈妈手里磨着的明明是一根粗铁棒，怎么是针呢？李白忍不住又问："老妈妈，针是非常非常细小的，而您磨的是一根粗大的铁棒呀！"

老妈妈边磨边说："我正是要把这根铁棒磨成细小的针。"

"什么？"李白有些意想不到，脱口又问道，"这么粗大的铁棒能磨成针吗？"

这时候，老妈妈才抬起头来，慈祥地望望小李白，说："是

词 苑撷英

枯燥无味：
形容单调，没有趣味。

侧 面描写

运用了侧面描写，表达出老人的专注。

的，铁棒子又粗又大，要把它磨成针是很困难的。可是我每天不停地磨呀磨，总有一天，我会把它磨成针的。孩子，只要功夫下得深，铁棒也能磨成针呀！"

幼年的李白是个悟性很高的孩子，他听了老妈妈的话，一下子明白了许多，心想："对呀！做事情只要有恒心，天天坚持去做，什么事都能做成的。读书也是这样，虽然有不懂的地方，但只要坚持多读，天天读，总会读懂的。"想到这里，李白深感惭愧，脸都发烧了。于是他拔腿便往家跑，重新回到书房，翻开原来读不懂的书，继续读起来。

精彩点拨

　　这篇寓言告诉我们在生活中做事情或面对困难的时候要迎难而上，坚持不懈，不要半途而废，相信只要努力坚持，不抛弃、不放弃，终会成功，实现自己的目标。

阅读积累

磨刀石

　　磨刀石是用来磨刀的石头。任何沙岩石都可磨刀——灰色黏质沙岩石可能最好；石英也不错，只是很难得；花岗石也可用。其关键在于磨出的刀刃必须锐利而且耐用，并不易产生缺磕。按刀具功能或所要修复程度选择磨刀石非常重要。

好词好句

好词归纳

东瞧西看　　慈祥　　坚持　　恒心　　惭愧

悟性　　察觉　　神情专注　　意想不到

好句欣赏

· 幼年的李白是个悟性很高的孩子，他听了老妈妈的话，一下子明白了许多，心想："对呀！做事情只要有恒心，天天坚持去做，什么事都能做成的。读书也是这样，虽然有不懂的地方，但只要坚持多读，天天读，总会读懂的。"想到这里，李白深感惭愧，脸都发烧了。于是他拔腿便往家跑，重新回到书房，翻开原来读不懂的书，继续读起来。

活到老学到老

精彩导读

　　时代在发展，社会在进步，这个世界上最大的不变就是"变"。生活在这个世界中的每位朋友，不论是谁，不管你地位多高，年龄多大，文化基础怎样，只有在生活中不断地学习，才能适应这个社会，才能做生活高手、人生的赢家。活到老学到老，不仅仅是终身学习的生活态度，更是一种有利于身心健康的生活方式。

　　晋平公作为一位国君，政绩不平，学问也不错。在他70岁的时候，他依然还希望多读点书，多长点知识，总觉得自己所掌握的知识实在是太有限了。可是70岁的人再去学习，困难是很多的，晋平公对自己的想法总还是不自信，于是他去询问他的一位贤明的臣子师旷。

　　师旷是一位双目失明的老人，他博学多智，虽眼睛看不见，但心里亮堂着呢。晋平公问师旷说："你看，我已经70岁了，年纪的确老了，可是我还很希望再读些书，长些学问，又总是没有信心，总觉得是否太晚了呢？"

　　师旷回答说："您说太晚了，那为什么不把蜡烛点起来呢？"

　　晋平公不明白师旷在说什么，便说："我在跟你说正经话，你跟我瞎扯什么？哪有做臣子的随便戏弄国君的呢？"

　　师旷一听，乐了，连忙说："大王，您误会了，我这个双目失明的臣子，怎么敢随便戏弄大王呢？我也是在认真地跟您谈学习的事呢。"

　　晋平公说："此话怎讲？"

　　师旷回答说："我听说，人在少年时代好学，就如同获得了早晨温暖的阳光一样，那太阳越照越亮，时间也久长。人在壮年的时候好学，就好比获得了中午明亮的阳光一样，虽然中午的太阳已走了一半了，可它的力量很强，时间也还有许多。人到老年的时候好学，虽然已日暮，没有了阳光，可他还可以借助蜡烛啊，蜡烛的光亮虽然不怎么明亮，可是只要获得了这点烛光，尽管有限，也总比在黑暗中摸索要好得多吧。"

晋平公恍然大悟，高兴地说："你说得太好了，的确如此！我有信心了。"

诚然，不爱学习，即使大白天睁着眼，也只能两眼一抹黑；只有经常学习，不论年少年长，学问越多心里越亮堂，才不至于盲目处事、糊涂做人。

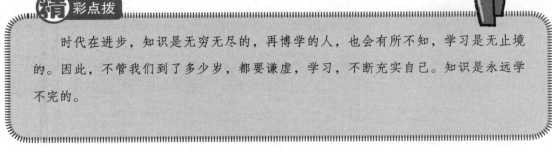

拟人手法

运用了拟人的手法，说明了一天的时间过了一半。

词 苑撷英

恍然大悟：形容一下子明白过来。

精彩点拨

时代在进步，知识是无穷无尽的，再博学的人，也会有所不知，学习是无止境的。因此，不管我们到了多少岁，都要谦虚，学习，不断充实自己。知识是永远学不完的。

阅读积累

蜡　烛

蜡烛，是一种日常照明工具，主要用石蜡制成，在古代，通常由动物油脂制造，可燃烧发出光亮。此外，蜡烛的用途十分广泛：在生日宴会、宗教节日、集体哀悼、红白喜事等活动中都有重要用途。在文学艺术作品中，蜡烛有牺牲、奉献的象征意义。

 词好句

好词归纳

博学多智　　双目失明　　　正经　　　瞎扯

戏弄　　　　糊涂　　　　日暮

好句欣赏

· 我听说，人在少年时代好学，就如同获得了早晨温暖的阳光一样，那太阳越
照越亮，时间也久长。人在壮年的时候好学，就好比获得了中午明亮的阳光
一样，虽然中午的太阳已走了一半了，可它的力量很强，时间也还有许多。
人到老年的时候好学，虽然已日暮，没有了阳光，可他还可以借助蜡烛啊，
蜡烛的光亮虽然不怎么明亮，可是只要获得了这点烛光，尽管有限，也总比
在黑暗中摸索要好得多吧。

两小儿辩日

精彩导读

　　做人不能片面地看待问题，否则是得不出结论的，我们要用全面的眼光来看待事物。知识是不分年龄、不分界限的。宇宙是无限大的，知识也是无限多的，学无止境。即便是博学的孔子，也会有所不知。所以，我们要不断学习。知之为知之，不知为不知。"不要强不知以为知。"

　　大教育家孔子在周游列国时，有次往东方的一个地方去，半路上看见有两个10岁左右的小孩在路边为一个问题争论不休，于是就让马车停下来，到跟前去问他们："小朋友，你们在争辩什么呢？"

　　其中一个小孩先说道："我认为太阳刚出来的时候离我们近一些，中午时离我们远些。"另一个小孩的看法正好相反，他说："我认为太阳刚升起来时远些，中午时才近些。"先说的那个小孩反驳说："太阳刚出来时大得像车盖，到了中午，就只有盘子那么大了。这不正是远的东西看起来小，而近的东西看起来大的道理吗？"另一个小孩自然也有很好的理由，他说："太阳刚升起来时凉飕飕的，到了中午，却像是火球一样使人热烘烘的。这不正是远的物体感到凉，而近的物体使人觉得热的道理吗？"

　　两个小孩不约而同地请博学多识的孔子来做"裁判"，判定谁是谁非。可这个看似简单的问题却把能言善辩的孔老先生也难住了，因为当时自然科学还不发达，很难说明两小孩所执理由的片面性，也就不能判断他们谁是谁非了。孔子只好哑口无

词 苑撷英

争论不休：讨论不出结果谁也不肯停下来。

比 喻手法

运用了比喻的手法，描写出太阳的形状。

言。两个小孩失口笑了起来，说："谁说你知识渊博，无所不知呢？你也有不懂的地方啊！"

这个故事给我们的启示是：人生有限，知识无涯。从不同的角度会得出不同的看法，而要克服片面性就必须深化认识，进行辩证思维。

精彩点拨

这篇寓言告诉我们在生活中要善于观察，勤于思考，从不同角度认识事物，这样会有不同发现。学无止境，要不断地学习，谦虚谨慎，实事求是。虚心听取别人的想法和意见，相互取长补短。

阅读积累

裁 判

裁判，是体育比赛中负责维持赛场秩序、执行比赛规则的职位或人物。许多国际比赛中的裁判必须从比赛双方的国家以外的第三国中选出，以示独立、公正和无利益冲突。足球裁判由于多半穿黑色服装，因此经常被称为"黑衣法官"，球类运动中的裁判又叫球证。

狐假虎威

精彩导读

　　这篇寓言一方面告诉我们狡猾、奸诈的人，总是喜欢吹牛皮、说谎话，靠欺骗过日子。这种人虽借外力"逞雄"一时，而本质却是非常虚弱的。另一方面也启示人们凡事应开动脑筋，不能盲目相信，不能被表象蒙蔽。这个故事告诉我们，狡猾的人善于借助别人的威势作威作福，也告诫我们不能被那些借助别人威势的人骗，也不能借助别人的威势欺压别人。

词 苑撷英

谎言：假话，欺骗之言，没有根据的话。

侧 面描写

运用了侧面描写，表达出动物对老虎的恐惧。

　　有一天，一只老虎正在深山老林里转悠，突然发现了一只狐狸，便迅速抓住了它，心想今天又可以美美地享受一顿午餐了。

　　狐狸生性狡猾，它知道今天被老虎逮住以后，前景一定不妙，于是就编出一个谎言，对老虎说："我是天帝派到山林中来当百兽之王的，你要是吃了我，天帝是不会饶恕你的。"

　　老虎对狐狸的话将信将疑，便问："你当百兽之王，有何证据？"狐狸赶紧说："你如果不相信我的话，可以随我到山林中去走一走，我让你亲眼看看百兽对我望而生畏的样子。"

　　老虎想这倒也是个办法，于是就让狐狸在前面带路，自己尾随其后，一道向山林的深处走去。

　　森林中的野兔、山羊、花鹿、黑熊等各种兽类远远地看见老虎来了，一个个都吓得魂飞魄散，纷纷夺路逃命。

　　转了一圈之后，狐狸扬扬得意地对老虎说道："现在你该看到了吧？森林中的百兽，有谁敢不怕我？"

老虎并不知道百兽害怕的正是它自己，反而因此相信了狐狸的谎言。狐狸不仅躲过了被吃的厄运，而且在百兽面前大抖了一回威风。对于那些像狐狸一样仗势欺人的人，我们应当学会识破他们的伎俩。

彩点拨

　　我们不管做什么、看什么，都要透过现象看本质，不要被表面现象蒙骗，凡事应开动脑筋，不能盲目相信，也不要被人利用。这篇幅寓言一是讽刺了借他人势力作威作福、招摇撞骗、欺压人的人，这些人本质虚弱、不堪一击；二是讽刺了昏庸的人，他们被人利用而不善于去伪存真。

阅读积累

百兽之王

　　"百兽之王"一词常常用于形容老虎。老虎和狮子的生活范围没有重合，老虎生活在森林，狮子生活在草原，或许在历史上有过小规模冲突，老虎会杀死落单的狮子，最后也算是泾渭分明井水不犯河水，通常老虎是"百兽之王"和"森林之王"，而狮子是"草原之王"。

 词好句

好词归纳

生性狡猾　　威风　　魂飞魄散　　望而生畏

好句欣赏

· 森林中的野兔、山羊、花鹿、黑熊等各种兽类远远地看见老虎来了，一个个都吓得魂飞魄散，纷纷夺路逃命。

· 转了一圈之后，狐狸扬扬得意地对老虎说道："现在你该看到了吧？森林中的百兽，有谁敢不怕我？"

画蛇添足

　　做事不可多此一举，否则有时还会失去一些东西，得不偿失，弄巧成拙。（多此一举，不仅无益，反而有害。）无论做什么事情都要尊重客观事实，实事求是。凡做一件事情，必须有具体的要求和明确的目标，要以清醒坚定的意志，追求之，完成之，不要被胜利冲昏头脑。被胜利冲昏头脑的人，往往为盲目乐观所蔽，而招致失败。凡事都要遵循自然规律，不要多此一举，否则会弄巧成拙。

　　有个楚国贵族，在祭祀过祖宗后，把一壶祭酒赏给门客们喝。门客们拿着这壶酒，不知如何处理。他们觉得，这么多人喝一壶酒，肯定不够，还不如干脆给一个人喝，喝得痛痛快快还好些。可是到底给谁好呢？于是，门客们商量了一个好主意，就是每个人各自在地上画一条蛇，谁先画好了这壶酒就归谁喝。大家都同意这个办法。

　　门客们一人拿一根小棍，开始在地上画蛇。有一个人画得很快，不一会儿，他就把蛇画好了，于是他把酒壶拿了过来。正待他要喝酒时，他一眼瞅见其他人还没把蛇画完，便十分得意地又拿起小棍，还自言自语地说："看我再来给蛇添上几只脚，他们也未必画完。"他边说边给画好的蛇画脚。

　　不料，这个人给蛇画脚还没完，手上的酒壶便被旁边一个人一把抢了过去。原来，那个人的蛇画完了。这个给蛇画脚的人不依，说："我最先画完蛇，酒应归我喝！"那个人笑着说："你到现在还在画，而我已完工，酒当然是我的！"画蛇脚的人争辩

说："我早就画完了，现在是趁时间还早，不过是给蛇添几只脚而已。"那人说："蛇本来就没有脚，你要给它添几只脚那你就添吧，酒反正你是喝不成了！"

那人毫不客气地喝起酒来。那个给蛇画脚的人却眼巴巴看着本属自己而现在已被别人拿走的酒，后悔不已。

有些人自以为是，喜欢节外生枝，卖弄自己，结果往往弄巧成拙，不正像这个画蛇添足的人吗？

精彩点拨

这篇寓言告诉我们不管做什么事，必须有具体的要求和明确的目标，要有清醒坚定的意志，不要被胜利冲昏头脑，不要自鸣得意，沾沾自喜。否则会适得其反，南辕北辙。

阅读积累

蛇

蛇是四肢退化的爬行动物的总称，属于爬行纲蛇目。正如所有爬行类动物一样，蛇类全身布满鳞片。所有蛇类都是肉食性动物。目前全球总共有3000多种蛇类。蛇身体细长，四肢退化，无可活动的眼睑，无耳孔，无四肢，无前肢带，身体表面覆盖有鳞。蛇类是变温动物，体温低于人类，又被称为冷血动物，当环境温度低于15℃时，蛇会进入冬眠状态，部分有毒，但大多数无毒。另外"十二生肖"中也有"蛇"这一属相。

词好句

好词归纳

自言自语　　自以为是　　节外生枝　　弄巧成拙

好句欣赏

- 不料，这个人给蛇画脚还没完，手上的酒壶便被旁边一个人一把抢了过去。原来，那个人的蛇画完了。这个给蛇画脚的人不依，说："我最先画完蛇，酒应归我喝！"那个人笑着说："你到现在还在画，而我已完工，酒当然是我的！"画蛇脚的人争辩说："我早就画完了，现在是趁时间还早，不过是给蛇添几只脚而已。"那人说："蛇本来就没有脚，你要给它添几只脚那你就添吧，酒反正你是喝不成了！"
- 那人毫不客气地喝起酒来。那个给蛇画脚的人却眼巴巴看着本属自己而现在已被别人拿走的酒，后悔不已。

画鬼最易

精彩导读

世界上根本不存在鬼神之类的东西，鬼神之类的东西，无非人们主观想象，并非客观实在。社会的产生，既不是什么神灵的杰作，也不是人的意识的创造，而是客观世界自身力量长期作用的必然结果。胡编乱造，胡写乱画，照搬照抄，这是最简单的事；但要真正认识客观事物，并恰如其分地表现它，就不是一件容易事了。

春秋时期有一个很高明的画家，这天被请来为齐王画像。在画像过程中，齐王问画家："比较起来，什么东西最难画呢？"

画家回答说："活动的狗与马，都是最难画的，我也画得不怎么好。"

齐王又问道："那什么东西最容易画呢？"

画家说："画鬼最容易。"

"为什么呢？"

"因为狗与马这些东西人们都熟悉，经常出现在人们的眼前，只要画错哪怕一点点，都会被人发现而指出毛病，所以难画，特别是动态中的狗与马难画，因为既有形又不定型。至于鬼呢，谁也没见过，没有确定的形体，也没有明确的相貌，那就可以由我随便画，想怎样画就怎样画，画出来后，谁也不能证明它不像鬼，所以画鬼是很容易的，不费什么神。"

画家的高论证明：如果没有具体的客观标准，就会容易使人"弄虚作假"和"投机取巧"。唯心论最省力，因为它不受客观实际检验，可以瞎说一气；而唯物论则要接受客观实际的检验，

词 苑撷英

熟悉：了解得清楚，清楚地知道。

语 言描写

运用了语言描写，表达了画家的理论和思想。

所以很费工夫。

精彩点拨

　　这篇寓言告诉我们做没有根据的事,是很简单的;但要真正认识客观事物,并恰如其分地表现它,就不是一件容易事了。世界上的很多事情都是相对的。同时也表明了标准的重要性,有标准的事情是最难做的,而没有标准的事情反而容易。

阅读积累

鬼

　　鬼,是一个笼统的概念,它包括三种含义。第一种是人死后脱离肉体的精神现象。第二种是包含一切致人恐惧、侵害人的非物质态灵异现象。第三种是一切玄幻灵异现象。人被此类事件侵害后,分为显性和隐性两种。显性的表现为癔症等精神类疾病,或亚健康慢性病,或各种官能症、各种罕见病、各种综合征、各种不顺和灾祸,甚至癌症等;隐性的常表现为心烦,性格变古怪,或难以言喻地极度难受。

好词好句

好词归纳

　　　　弄虚作假　　　投机取巧　　　高论证明

好句欣赏

· 因为狗与马这些东西人们都熟悉,经常出现在人们的眼前,只要画错哪怕一点点,都会被人发现而指出毛病,所以难画,特别是动态中的狗与马难画,因为既有形又不定型。至于鬼呢,谁也没见过,没有确定的形体,也没有明确的相貌,那就可以由我随便画,想怎样画就怎样画,画出后,谁也不能证明它不像鬼,所以画鬼是很容易的,不费什么神。

三人成虎

精彩导读

　　一个人对别人说的事情不可妄信，即使有很多人都这么说，也要透过表面看到问题的本质，以免被坏人蒙蔽。有时谣言可以掩盖事实真相。判断一件事情的真伪，必须经过细心考察和思考，不能道听途说。否则"三人成虎"，有时会误把谣言当成真实的。任何事只有在亲眼见证过后才能下定论，不能随波逐流，应坚持自己的想法，不要人云亦云，人多口杂，能混淆是非。

词 苑撷英

　　果然：1.确实如此，表示事实与所说或所料相符；2.连词，表示假设；3.饱足的样子。

类 比手法

　　运用了类比的手法，表明了三人成虎的危害。

　　魏国大夫庞恭和魏国太子一起作为赵国的人质，定于某日启程赴赵都邯郸。临行时，庞恭向魏王提出一个问题，他说："如果有一个人对您说，我看见闹市熙熙攘攘的人群中有一只老虎，君王相信吗？"魏王说："我当然不信。"庞恭又问："如果是两个人对您这样说呢？"魏王说："那我也不信。"庞恭紧接着追问了一句道："如果有三个人都说亲眼看见了闹市中的老虎，君王是否还不相信？"魏王说道："既然这么多人都说看见了老虎，肯定确有其事，所以我不能不信。"庞恭听了这话以后，深有感触地说："果然不出我的所料，问题就出在这里！事实上，人虎相怕，各占几分。具体地说，某一次究竟是人怕虎还是虎怕人，要根据力量对比来论。众所周知，一只老虎是绝不敢闯入闹市之中的。如今君王不顾及情理，不深入调查，只凭三人说虎即肯定有虎，那么等我到了比闹市还远的邯郸，您要是听见三个或更多不喜欢我的人说我的坏话，岂不是要断言我是坏人吗？临别之前，我向您说出这点疑虑，希望君王一定不要轻信人言。"

中国古今寓言

庞恭走后，一些平时对他心怀不满的人开始在魏王面前说他的坏话。时间一长，魏王果然听信了这些谗言。当庞恭从邯郸回魏国时，魏王再也不愿意召见他了。

看起来，妖言惑众，流言蜚语多了，的确足以毁掉一个人。随声附和的人一多，白的也会被说成黑的，真是叫作"众口铄金，积毁销骨"。所以我们对待任何事情都要有自己的分析，不要人云亦云，被假象蒙蔽。

这篇寓言告诉我们，不管在什么情况下，对别人说的事情都不能随便相信，即使有很多人都这么说，也要透过表面看到问题的本质，不传谣，不造谣，用证据去证明话中的真假，做一个有智慧的人。不要让别人的话语轻易决定自己的想法，影响自己的判断。

邯郸

邯郸市位于河北省南端，因邯山至此而尽得名，是国务院批准具有地方立法权的"较大的市"和市区人口超百万的特大城市，国家历史文化名城、中国优秀旅游城市、中国成语典故之都和中国散文之城、太极之乡，河北南部钢铁、纺织、电子基地。赵国赵武灵王建筑的"武灵丛台"现已建成丛台公园，为国家AAAA级旅游景区。

好词好句

好词归纳

心怀不满　　流言蜚语　　人云亦云　　众口铄金
熙熙攘攘　　妖言惑众　　随声附和　　众所周知

好句欣赏

· 众所周知，一只老虎是绝不敢闯入闹市之中的。如今君王不顾及情理，不深入调查，只凭三人说虎即肯定有虎，那么等我到了比闹市还远的邯郸，您要是听见三个或更多不喜欢我的人说我的坏话，岂不是要断言我是坏人吗？

杞人忧天

这则寓言辛辣地讽刺了那些胸无大志，患得患失的人。"天下本无事，庸人自扰之。"我们决不做"现代的杞人"，而要胸怀大志，心境开阔，为了实现远大的理想，把整个身心投入到学习和工作中去。杞人忧天原意是要提倡"顺乎自然，无为而治"。这是道家的人生哲学的反映。后来，人们常用"杞人忧天"这个成语来形容不必要的、无根据的忧虑。

词苑撷英

心有余悸：危险的事情虽然过去了，回想起来心里还害怕。

言描写

运用了语言描写，表达出朋友的耐心。

春秋时期，有一个杞国人，总是担心有一天会突然天塌地陷，自己无处安身。他为此事而愁得成天吃饭不香，睡觉不宁。

后来，他的一个朋友得知他的忧虑之后，担心这样下去会损害他的健康，于是特意去开导他说："天，不过是一些积聚的气体而已。而气体是无处不在的，比如你抬腿弯腰，说话呼吸，都是在天际间活动，为什么你还要担心天会塌下来呢？"

那个杞国人听了，仍然心有余悸地问："如果天是一些积聚的气体，那么天上的太阳、月亮、星星，会不会掉下来呢？"

开导他的朋友继续解释："太阳、月亮、星星，也都只是一些会发光的气团，即使掉下来了，也不会伤人的。"

可是杞国人的忧虑还没有完，他接着问："那要是地陷下去了呢？又该怎么办？"

他的朋友又说："地，不过是些堆积的石块而已，它填塞在东南西北四方，没有什么地方没有石块。比如，你站着、踩着，都是在地上行走，为什么要担心它会陷下去呢？"

杞国人听了朋友的这一番开导之后，终于放下心来，十分高兴。他的朋友也为他不再因无端的忧愁而伤身体，感到欣慰。

其时，有位楚国的思想家名叫长卢子的，在听说了杞国人和朋友的对话之后，不以为然，他笑着评论道："那些彩虹呀，云雾呀，风雨呀，一年四季的变化呀，所有这些积聚的气体共同构成了天；而那些山岳呀，河海呀，金、木、火、石呀，所有这些堆积物共同构成了地。既然你知道天就是积气，地就是积块，你怎么能断定天与地不会发生变化呢？依我看，所谓天地，不过是宇宙间的一件小小物体，但它在有形之物中又是最大的一种，其本身并未终结，难以穷尽；因此人们对这件事也很难想象，不易认识，这都是很自然的。杞国人担心天会塌地会陷，这确实有点想得太远；然而他的朋友却说天塌地陷是根本不可能的，这也不对。天与地不可能不坏，而且终究是要坏的，有朝一日它真的要坏了，人们又怎么能不担心呢？"

对于这场争论，战国时的郑人列御寇也有说法。他认为："说天与地会坏，是荒谬的；说天与地不会坏，也是荒谬的。天地到底会不会坏，我们目前尚不知道。不过，说天地会坏是一种见解，说天地不会坏也是一种见解。这就好像活人不知道死者的滋味，死者也不知道活人的情形；未来不晓得过去，过去也不能预测未来。既然如此，天地究竟会不会坏，我又何必放在心上呢？"

毫无疑问，如果用今天的科学常识来看待天和地，我们完全可以断言，那个杞国人和他的朋友，以及古代思想家长卢子和列御寇的观点都有偏颇。但这则故事仍然说明：对于一个时代所无法认知和解决的问题，人们不应该陷入无休止的忧愁之中而无力自拔。人生还是要豁达些好。

精彩点拨

这篇寓言告诉我们不要顾忌那些在我们身边不可能发生的事情，安安稳稳地过自己的日子。即使发生了，提前做好防备，也是不会有什么大碍的。而如果是大的灾难，即使是担心，也是不能够解决的。

阅读积累

星 星

星星指的是肉眼可见的宇宙中的天体。星星内部的能量的活动使星星变得形状不规则。星星大致可分为行星、恒星、彗星、白矮星等。从地球上看，最亮的行星是金星；迄今发现的最快的恒星运行速度每小时超过240万千米。

好词好句

好词归纳

天塌地陷　　豁达　　偏颇　　荒谬

好句欣赏

· 对于这场争论，战国时的郑人列御寇也有说法。他认为："说天与地会坏，是荒谬的；说天与地不会坏，也是荒谬的。天地到底会不会坏，我们目前尚不知道。不过，说天地会坏是一种见解，说天地不会坏也是一种见解。这就好像活人不知道死者的滋味，死者也不知道活人的情形；未来不晓得过去，过去也不能预测未来。既然如此，天地究竟会不会坏，我又何必放在心上呢？"

澄子夺黑衣

精彩导读

　　强取人衣讽刺的是那些强编造荒谬逻辑的人。有的人强词夺理，胡搅蛮缠，看起来好像逻辑混乱，其实是强烈的私有欲使他发疯了。这篇寓言是讽刺像澄子那样为了强夺人衣而编造荒谬逻辑的人。澄子强词夺理，胡搅蛮缠，看来好像逻辑思维混乱，其实乃是强烈的私有欲使他发了疯。

　　宋国人澄子不知在什么地方丢失了一件黑布做的上衣。他跑上大路沿途寻找，到处都找不着那件黑衣。

　　蚀财的痛惜化为一股气恼。他一边走，一边琢磨着要想出一种办法来补救丢失一件上衣的损失。碰巧这时迎面走来一位身穿黑色上衣的妇人。澄子不由分说地将她一把抓住。他一面拉扯那妇人的衣裳，欲取其衣，一面狠狠地说道："刚才我丢失的黑衣，原来在你这里！"那妇人被这光天化日之下突如其来的拦路行凶举动吓蒙了。她急忙对澄子解释道："这件衣裳是我亲手纺的线、织的布，亲手剪裁、缝制而成的。它的长短、大小正合我身。虽然您丢的也是一件黑衣，但是并不是这一件呀！"那妇人的声音听起来显得有一些柔弱、哀怜。但是她如泣如诉吐出的一字一句里所含的分量，使澄子心里怔了一下。如果把一个小女子的衣裳说成是自己的，扒下来后，自己却穿不上岂不荒唐？于是他立刻转了一个话题，但是仍然气势汹汹地说："我丢失的是一件夹衣，而你身上穿的这件是单衣。你用一件单衣抵我一件夹衣，难道还不算占了便宜吗？"

动 作描写

　　运用了动作描写，表达出澄子的愤怒。

词 苑撷英

　　哀怜：对他人的不幸给予同情怜悯。

这则寓言告诉我们，任何时候都要尊重事实，不论如何狡诈诡辩，事实总是不能歪曲的。

彩点拨

　　这篇寓言告诉我们不管在任何时候，我们都要尊重事实，不论如何狡诈诡辩，事实总是不能歪曲的。当被别人冤枉的时候，不要急于争辩，生气，而是用事实和理论依据去证明自己的清白。事实胜于雄辩。

读积累

夹　衣

　　流行于20世纪70年代前半期以前。双层，外层多为家织布———一种纹路很粗的土布。款式为唐装、斜扣或对襟式，颜色多为蓝色、黑色。里层大多是薄棉布。这种衣服常穿于秋天和春天，功能相当于现在的毛衣外套。夹衣（袄）在一些时尚棉布店偶有所见，其制作比过去的精细，而没过去的结实，怀旧有余，古朴不足。

词好句

好词归纳

| 狡诈诡辩 | 不由分说 | 突如其来 |
| 气势汹汹 | 如泣如诉 | 光天化日 |

好句欣赏

·她急忙对澄子解释道："这件衣裳是我亲手纺的线、织的布，亲手剪裁、缝制而成的。它的长短、大小正合我身。虽然您丢的也是一件黑衣，但是并不是这一件呀！"那妇人的声音听起来显得有一些柔弱、哀怜。

割席断交

精彩导读

我们仔细观察就会发现，其实当时的豪侠对于家庭的重视远远大于一切的外部元素，兄弟，江湖，就像人成长中的驿站，等厌倦了，还是会选择一个知己，远离纷扰，过自己想要的生活。

管宁和华歆在年轻的时候，是一对非常要好的朋友。他俩成天形影不离，同桌吃饭、同榻读书、同床睡觉，相处得很和谐。

有一次，他俩一块儿去劳动，在菜地里锄草。两个人努力干着活儿，顾不得停下来休息，一会儿就锄好了一大片。

只见管宁抬起锄头，一锄下去，"当"一下，碰到了一个硬东西。管宁好生奇怪，将锄到的一大片泥土翻了过来。黑黝黝的泥土中，有一个黄澄澄的东西闪闪发光。管宁定睛一看，是块黄金，他就自言自语地说了句："我当是什么硬东西呢，原来是锭金子。"接着，他不再理会了，继续锄他的草。

"什么？金子！"不远处的华歆听到这话，不由得心里一动，赶紧丢下锄头奔了过来，拾起金块捧在手里仔细端详。

管宁见状，一边挥舞着手里的锄头干活儿，一边责备华歆说："钱财应该靠自己的辛勤劳动去获得，一个有道德的人是不可以贪图不劳而获的财物的。"

华歆听了，口里说："这个道理我也懂。"手里却还捧着金子左看看、右看看，怎么也舍不得放下。后来，他实在被管宁的目光盯得受不了了，才不情愿地丢下金子回去干活儿。可是他心里还在惦记金子，干活儿也没有先前努力，还不住地唉声叹气。

动 作描写

运用了动作描写，表达出管宁对金子的渴望。

词 苑撷英

辛勤：勤劳而肯于吃苦。

管宁见他这个样子，不再说什么，只是暗暗地摇头。

又有一次，他们两人坐在一张席子上读书。正看得入神，忽然外面沸腾起来，一片鼓乐之声，中间夹杂着鸣锣开道的吆喝声和人们看热闹吵吵嚷嚷的声音。于是管宁和华歆就起身走到窗前去看究竟发生了什么事。

原来是一位达官显贵乘车从这里经过。一大队随从佩带着武器，穿着统一的服装，前呼后拥地保卫着车子，威风凛凛。再看那车饰更是豪华：车身雕刻着精巧美丽的图案，车上蒙着的车帘是用五彩绸缎制成的，四周装饰着金线，车顶还镶了一大块翡翠，显得富贵逼人。

管宁对于这些很不以为然，又回到原处捧起书专心致志地读起来，对外面的喧闹完全充耳不闻，就好像什么都没有发生一样。

华歆却不是这样，他完全被这种张扬的声势和豪华的排场吸引住了。他嫌在屋里看不清楚，干脆连书也不读了，急急忙忙地跑到街上去跟着人群尾随车队细看。

管宁目睹了华歆的所作所为，再也抑制不住心中的叹惋和失望。等到华歆回来以后，管宁就拿出刀子当着华歆的面把席子从中间割成两半，痛心而决绝地宣布："我们两人的志向和情趣太不一样了。从今以后，我们就像这被割开的草席一样，再也不是朋友了。"

真正的朋友，应该建立在共同的思想基础和奋斗目标上，一起追求，一起进步。如果没有内在精神的默契，只有表面上的亲热，这样的朋友是无法真正沟通和相互理解的，也就失去了做朋友的意义了。

精彩点拨

　　这篇寓言告诉我们：真正的朋友，应该建立在共同的思想基础和奋斗目标上，如果只有表面上的亲热，这样的朋友是无法真正沟通和相互理解的，也就失去了做朋友的意义了。在选择朋友的时候，也要选择和自己志同道合的人，这样的友谊才能长久。

读积累

金

金，最初不是现在的金，指的是赤金，即现在的铜，后来引申为金属的总称，现在的金一般指黄金。金在古代可以作为货币流通，所以可以解释为货币。因为黄金在自然界储量非常稀少，所以又引申为高贵、贵重之物等含义。

词好句

好词归纳

形影不离　　自言自语　　不劳而获　　唉声叹气

达官显贵　　专心致志　　所作所为

好句欣赏

· 管宁目睹了华歆的所作所为，再也抑制不住心中的叹惋和失望。等到华歆回来以后，管宁就拿出刀子当着华歆的面把席子从中间割成两半，痛心而决绝地宣布："我们两人的志向和情趣太不一样了。从今以后，我们就像这被割开的草席一样，再也不是朋友了。"

滥竽充数

精彩导读

　　滥竽充数讲的是南郭先生不会吹竽而混在300人的队伍里充数，骗得了齐宣王，骗不过齐湣王，弄虚作假的人最终难以经得起时间考验，难免露出马脚，只有会真本领才能避免被揭穿伪装时的尴尬与风险。

词 苑撷英

翩翩起舞：形容轻快地跳起舞来。

夸 张手法

　　运用了夸张的手法，表明了他吹奏的音乐非常动听。

　　古时候，齐国的国君齐宣王爱好音乐，尤其喜欢听吹竽，手下有300个善于吹竽的乐师。齐宣王喜欢热闹，爱摆排场，总想在人前显示做国君的威严，所以每次听吹竽的时候，总是叫这300个人在一起合奏给他听。

　　有个南郭先生听说了齐宣王的这个癖好，觉得有机可乘，是个赚钱的好机会，就跑到齐宣王那里去，吹嘘自己说："大王啊，我是个有名的乐师，听过我吹竽的人没有不被感动的，就是鸟兽听了也会翩翩起舞，花草听了也会合着节拍颤动，我愿把我的绝技献给大王。"齐宣王听得高兴，不加考察，很痛快地收下了他，把他也编进那支300人的吹竽队中。

　　这以后，南郭先生就随那300人一块儿合奏给齐宣王听，和大家一样拿优厚的薪水和丰厚的赏赐，心里得意极了。

　　其实南郭先生撒了个弥天大谎，他压根儿就不会吹竽。每逢演奏的时候，南郭先生就捧着竽混在队伍中，人家摇晃身体他也摇晃身体，人家摆头他也摆头，脸上装出一副动情忘我的样子，看上去和别人一样吹奏得挺投入，还真瞧不出什么破绽来。南郭先生就这样靠着蒙骗混过了一天又一天，不劳而获地白拿薪水。

可是好景不长，过了几年，爱听竽合奏的齐宣王死了，他的儿子齐闵（mǐn）王继承了王位。齐闵王也爱听吹竽，可是他和齐宣王不一样，认为300人一块儿吹实在太吵，不如独奏来得悠扬逍遥。于是齐闵王发布了一道命令，要这300个人好好练习，做好准备，他将让这300人轮流来一个个地吹竽给他欣赏。乐师们知道命令后都积极练习，想一展身手，只有那个滥竽充数的南郭先生急得像热锅上的蚂蚁，惶惶不可终日。他想来想去，觉得这次再也混不过去了，只好连夜收拾行李逃走了。

像南郭先生这样不学无术靠蒙骗混饭吃的人，骗得了一时，骗不了一世。假的就是假的，最终逃不过实践的检验而被揭穿伪装。我们想要成功，唯一的办法就是勤奋学习，只有练就一身过硬的真本领，才能经受得住一切考验。

精 彩点拨

这篇寓言告诉我们只会弄虚作假的话，总有一天会露出马脚的。做人要实事求是，要有真才实学，这样才能取得成功。永远也不要抱着侥幸心理，夸大自己的本领，否则最后只会成为别人的笑话，成为别人茶余饭后的笑谈。

阅 读积累

薪　水

薪水是薪金。而部队、警察里称为薪饷。现代人称为薪资。由于都是工人阶级，所以称为工资。

词好句

好词归纳

有机可乘　　翩翩起舞　　弥天大谎　　不劳而获

好句欣赏

· 像南郭先生这样不学无术靠蒙骗混饭吃的人，骗得了一时，骗不了一世。假的就是假的，最终逃不过实践的检验而被揭穿伪装。我们想要成功，唯一的办法就是勤奋学习，只有练就一身过硬的真本领，才能经受得住一切考验。

纸上谈兵

　　实践是检验真理的唯一标准。成功来自丰富的现实生活，而不是书本上的条条框框。做事要学会分析具体问题。死记硬背从书上抄东西是不可行的。只说不练的人没有真材实料，成功的人有自己的人生。

　　赵奢是赵国名将，为赵国屡建战功。可是赵奢的儿子赵括却不像父亲。赵括从小的确读了不少兵书，<u>谈起用兵之道那简直是滔滔不绝，连他父亲都不如他。</u>于是，赵括自以为是，觉得自己是了不起的军事家，<u>狂妄</u>地认为自己在军事上已经是天下无敌了。然而赵奢却不这么认为，他不但从未赞扬过儿子的夸夸其谈，反而常常担忧地说："日后赵国不让赵括带兵便罢，如果让他带兵打仗，那么断送赵国前程的将必是赵括无疑。"

　　过了几年，赵奢死去了。

　　这一年，秦国对赵国大举进攻，赵国派了老将军廉颇率军迎敌。开始，赵军连连失利。在这样的情况下，廉颇改变战略方针，他下令让军队坚守城池，以逸待劳，不要主动出击，保存实力把住阵地从而拖垮秦军。结果真的，秦军由于远道而来，经不住廉颇的拖延，粮草渐渐接不上，快要支撑不下去了，十分恐慌。于是，秦军也施展计谋，派人悄悄潜入赵国散布流言说："秦军谁都不怕，就怕赵括担任大将。"

　　赵王正在为廉颇在军事上毫无进展而闷闷不乐，听到外面流传的那些说法，便撤掉廉颇，要派赵括为大将来统帅军队。赵括

　　运用了侧面描写，表达出赵括高超的军事理论才能。

　　狂妄：极端自高自大。

的母亲记住丈夫生前的嘱咐，再三向赵王说明情况，极力劝告赵王收回决定。可是赵王哪里听得进去，他真的任命了赵括担任大将来取代廉颇。

赵括一到前线，便开始胡乱指挥起来。他完全改变了廉颇的策略，大量撤换将官，一时间弄得人心惶惶军心涣散。

秦军得知赵军这些情况，自然正中下怀。一天深夜，秦军派出一支队伍偷袭赵营，刚一交战，便佯装败走。同时，秦军又派兵趁机切断了赵军的粮道。

赵括不知实情，还以为秦军真的是败逃。他得意地想，取胜即在眼前，这正是表现自己的时候。于是他命令部队紧紧追击。结果，赵军追了一段后即被秦军伏兵将追兵拦腰截断，使赵军首尾不能相顾。然后，秦军一齐杀出，将赵军各个击破，团团围住。

赵军被秦军围困40多天，粮食早已吃光，又没有接应，一时间军心大乱。赵括一筹莫展，满肚子的兵法也不知如何施展。眼看守下去也是活活饿死，便率军仓皇突围。可是怎敌秦军四面掩杀，哪里突得出去。结果赵括被乱箭射死，40万赵军也全军覆没。从此以后赵国就一蹶不振。

赵括纸上谈兵并无真才实学，而赵王还对他委以重任，结果招致惨痛失败。看来，教条主义的危害是不可轻视的。

 彩点拨

这篇寓言告诉我们不但要会口头上、理论上的东西，更要去实践，并在实践中发展。不然，理论是不会有一点儿用途的。实践是检验真理的唯一标准。没有实践，不要自吹自擂，更不要狂妄自大。虚心使人进步，骄傲使人落后。战场上，骄兵必败。

读积累

廉颇

　　廉颇（前327—前243），嬴姓，廉氏，名颇，一说字洪野，中山苦陉（今河北定州市邢邑镇）人。战国末期赵国名将，与白起、王翦、李牧并称"战国四大名将"。周赧王三十二年（前283），率兵讨伐齐国，取得大胜，夺取了阳晋，被封为上卿。勇猛果敢，屡立战功，闻名于诸侯。长平之战前期，采固守的方式，成功抵御了秦军进攻。后为赵括所取代，致使长平之战惨败。九年后，击退燕国入侵，斩杀燕军主帅栗腹，进军包围燕都三月，令对方割五城求和，拜为相国，被封为信平君。赵悼襄王即位后，廉颇郁郁不得志，先后出奔魏国大梁。

词好句

好词归纳

屡建战功	滔滔不绝	自以为是	天下无敌
夸夸自谈	以逸待劳	毫无进展	闷闷不乐
人心惶惶	军心涣散	首尾不能相顾	
一蹶不振	真才实学	委以重任	一筹莫展

好句欣赏

· 赵括不知实情，还以为秦军真的是败逃。他得意地想，取胜即在眼前，这正是表现自己的时候。于是他命令部队紧紧追击。结果，赵军追了一段后即被秦军伏兵将追兵拦腰截断，使赵军首尾不能相顾。然后，秦军一齐杀出，将赵军各个击破，团团围住。

鲁国少人才

精彩导读

从"为其服者，未必知其道也""有其道者，未必为其服也"中获得的启发：不能只从一个人的衣着打扮来判断他的学识、才能。这篇寓言说明真才实学不是靠衣着来装扮的，形式不能取代实质。一种思想、学说或职业吃香与流行后，就会有人弄虚作假，附庸风雅，借以谋取私利。

词 苑撷英

判断：指断定是非曲直、吉凶善恶，掌理、主管。

语 言描写

运用了语言描写，表达了庄子的直率。

鲁哀公对拜见他的庄子深有感慨地说："咱鲁国儒士很多，唯独缺少像先生这样从事道术的人才。"

庄子听了鲁君的判断，却不以为然地持否定态度："别说从事道术的人才少，就是儒士也很缺。"

鲁哀公反问庄子：

"你看全鲁国的臣民几乎都穿戴儒者服装，能说鲁国少儒士吗？"

庄子毫不留情地指出他在鲁国的所见所闻：

"我听说在儒士中，头戴圆形礼帽的通晓天文；穿方形鞋的精通地理；佩戴五彩丝带系玉玦（jué）的遇事清醒果断。"庄子见鲁王认真听着，接着表示自己的见解："其实那些造诣很深的儒士平日不一定穿儒服，着儒装的人未必就有真才实学。"

他向鲁王建议："您如果认为我判断得不正确，可以在全国范围发布命令，宣布旨意，凡没有真才实学的冒牌儒士而穿儒服的一律问斩！"

鲁哀公采纳了庄子的谏言，在全国张贴命令。不过五天，鲁国上上下下再也看不见穿儒服的"儒士"了。唯独有一男子汉，穿戴儒装立于国宫门前。鲁哀公闻讯立即传旨召见。鲁哀公见来者仪态不俗，用国家大事考问他，提出的问题五花八门千变万化，对方对答如流，思维敏捷，果然是位饱学之士。

庄子了解到鲁国在下达命令后，仅有一位儒士被国君召进宫，敢于回答问题。于是他发表自己的看法："以鲁国之大，举国上下仅一名儒士，能说人才济济吗？"

这篇寓言很有讽喻意味。真才实学不是靠衣着来装扮的，形式不能取代实质。一种思想、学说或职业吃香与流行后，就会有人弄虚作假，附庸风雅，借以谋取私利。

彩点拨

这篇寓言告诉我们每个人都要敢于正视自己，并改正自己的缺点，且不能用外表来决定一个人的能力，形式不能取代实质。金无足赤，人无完人，一个人有缺点或者犯了错误都是十分正常的，也不是一件非常重要的事情，重要的是能够不断地修正自己，正视自己的错误，提升自己。

读积累

庄 子

庄子（约前369—前286），姓庄，名周，字子休（亦说子沐），宋国蒙（今河南商丘人）人。战国时期道家学派的代表人物，是道家学派的主要代表人物之一。与老子并称为老庄。战国中期思想家、哲学家和文学家。因崇尚自由而不应楚威王之聘，生平只做过宋国地方的漆园吏。最早提出"内圣外王"思想，对儒家影响深远。

 词好句

好词归纳

深有感慨　　　不以为然　　　通晓天文　　　五花八门

千变万化　　　对答如流　　　附庸风雅　　　人才济济

弄虚作假

好句欣赏

· 我听说在儒士中，头戴圆形礼帽的通晓天文；穿方形鞋的精通地理；佩戴五彩丝带系玉玦（jué）的遇事清醒果断。

· 鲁哀公采纳了庄子的谏言，在全国张贴命令。不过五天，鲁国上上下下再也看不见穿儒服的"儒士"了。唯独有一男子汉，穿戴儒装立于国宫门前。鲁哀公闻讯立即传旨召见。鲁哀公见来者仪态不俗，用国家大事考问他，提出的问题五花八门千变万化，对方对答如流，思维敏捷，果然是位饱学之士。

玉器和瓦罐

精彩导读

玉器和瓦罐的故事讲的是韩昭侯平时说话不大注意，往往在无意间将一些重大的机密事情泄露了出去，使得大臣们周密的计划不能实施。有个叫堂谿公的人自告奋勇去韩昭侯那里解决这个问题，那么最后问题解决没有呢？

韩昭侯平时说话不大注意，往往在无意间将一些重大的机密事情泄露了出去，使得大臣们周密的计划不能实施。大家对此很伤脑筋，却又不好直言告诉韩昭侯。

有个叫堂谿（xī）公的聪明人，自告奋勇到韩昭候那里去，对韩昭侯说："假如这里有一只玉做的酒器，价值千金，它的中间是空的，没有底，它能盛水吗？"韩昭侯说："不能盛水。"堂谿公又说："有一只瓦罐子，很不值钱，但它不漏，你看，它能盛酒吗？"韩昭侯说："可以。"

于是，堂谿公因势利导，接着说："这就是了。一个瓦罐子，虽然值不了几文钱，非常卑贱，但因为它不漏，却可以用来装酒；而一个玉做的酒器，尽管它十分贵重，但由于它空而无底，因此连水都不能装，更不用说人们会将可口的饮料倒进里面去了。人也是一样，作为一个地位至尊、举止至重的国君，如果经常泄露臣下商讨有关国家的机密的话，那么他就好像一件没有底的玉器。即使是再有才干的人，如果他的机密总是被泄露出去，那他的计划就无法实施，因此就不能施展他的才干和谋略了。"

一番话说得韩昭侯恍然大悟，他连连点头说道："你的话真对，你的话真对。"

从此以后，凡是要采取重要措施，大臣们在一起密谋策划的计划、方案，韩昭侯都小心对待，慎之又慎，连晚上睡觉都是独自一人，因为他担心自己在熟睡中说梦话时把计划和策略泄露给别人听见，以致误了国家大事。

堂谿公开导韩昭侯的故事告诉我们，有智慧的人很善于说话，能从日常生活中的小事引出治国安邦的大道理；能够虚心接受意见、不唯我独尊的人，才是明智的领导者。

精彩点拨

这篇寓言告诉我们说话要注重方式，说话是一门技术，也是一门艺术。即使是提出意见，也要让人心服口服地接受，在学会提意见的同时，也要虚心听取他人的意见。只有肯听进去别人意见的人，能够做到有则改之、无则加勉的人才会不断进步。

阅读积累

臣

臣，此字始见于商代甲骨文。臣的古字形像竖立的眼睛。人在低头时眼睛即处于竖立的位置，臣的字形表示了俯首屈从的意思。本义指奴仆。因为臣与君的关系如同奴仆与主子一样，所以由奴仆引申指官吏。臣在古代又是官员面对君的自称。

好词好句

好词归纳

自告奋勇　　　因势利导　　　唯我独尊　　　治国安邦

好句欣赏

· "假如这里有一只玉做的酒器，价值千金，它的中间是空的，没有底，它能盛水吗？"韩昭侯说："不能盛水。"堂谿公又说："有一只瓦罐子，很不值钱，但它不漏，你看，它能盛酒吗？"韩昭侯说："可以。"

韩娥善歌

精彩导读

　　有一天，韩娥来到一家旅店投宿时，旅店里的人羞辱她。韩娥为此拖着长音痛哭不已。她那哭声弥漫开去，竟使整个村子的人们泪眼相向，愁眉不展，人人都难过得三天吃不下饭。（人们）急忙追赶且挽留她。韩娥回来了，又拖长声调高歌，引得乡里的老少个个欢呼雀跃，不能自禁，大家忘情地沉浸在欢乐之中，将以往的悲苦都忘了。

　　从前，韩国有位歌唱家名叫韩娥，要到位于东方的齐国去，不想在半路上就断了钱粮，从而使基本生活都发生了困难。为了渡过这一难关，她在经过齐国都城西边的雍门时，便用卖唱来换取食物。韩娥唱起歌来，情感是相当投入的，以至在她离开了这个地方以后，她那美妙绝伦的余音还仿佛在城门的梁柱之间缭绕，竟至三日不绝于耳；凡是聆听过韩娥歌唱的人，都还沉浸在她所营造的艺术氛围之中，好像她并没有离开一样。

　　有一天，韩娥来到一家旅店投宿时，店小二狗眼看人，见她穷愁潦倒，便当众羞辱她。韩娥为此伤心至极，禁不住拖着长音痛哭不已。她那哭声弥漫开去，竟使得方圆一里之内的人们，无论男女老幼都为之动容，大家泪眼相向，愁眉不展，人人都难过得三天吃不下饭。

　　后来，韩娥难以安身，便离开了这家旅店。人们发现之后，急急忙忙分头去追赶她，将她请回来，再为劳苦大众纵情高歌一曲。韩娥的热情演唱，又引得方圆一里之内的老人和小孩个个欢呼雀跃，鼓掌助兴，大家忘情地沉浸在欢乐之中，将以往的许多

侧面描写

　　运用了侧面描写，烘托出韩娥是个艺术家。

词苑撷英

　　羞辱：1.羞耻侮辱；2.使忍受或遭受耻辱。

人生悲苦都一扫而光。为了感谢韩娥给他们带来的欢乐，大家送给韩娥许多财物和礼品，使她满载而归。

韩娥的故事说明：真正的艺术家，应当扎根于人民大众之中，与大众共悲欢，成为他们忠实的代言人。

彩点拨

这篇寓言告诉我们：真正的艺术家，应当扎根于人民大众之中,与大众共悲欢,成为他们忠实的代言人。赠人玫瑰，手留余香，帮助别人，带给别人快乐是一种高尚的行为，也是一种乐于助人的行为，能够让人得到别人的爱戴和尊敬。

读积累

艺　术

艺术意思是用形象来反映现实，但比现实有典型性的社会意识形态。文艺，对社会生活进行形象的概括而创作的作品，包括文学、绘画、雕塑、建筑造型、音乐、舞蹈、戏剧、电影等。指富有创造性的方式、方法形状独特而美观的。

词好句

好词归纳

美妙绝伦	愁眉不展	伤心至极	为之动容
欢呼雀跃	一扫而光	满载而归	

好句欣赏

· 韩娥为此伤心至极，禁不住拖着长音痛哭不已。她那哭声弥漫开去，竟使得方圆一里之内的人们，无论男女老幼都为之动容，大家泪眼相向，愁眉不展，人人都难过得三天吃不下饭。

林回弃璧

精彩导读

为争权夺利而泯灭亲情、反目成仇的故事从古至今屡见不鲜。可见世人的劣根是亘古不变，长存于文明社会之中的。金钱和权力的诱惑是非常大的，许多人为了金钱抛弃了亲情、友情。

周朝有一个诸侯国灭亡了，亡国的难民中有个叫林回的人，他舍弃了价值千金的玉璧，却背负着婴儿逃难。

难民中有人不理解林回的选择，问："你是为了金钱吗？如果是为了金钱，一个婴孩能值几个钱？"又有人问："你不害怕受牵累吗？一个吃奶的婴儿在战难时，给人添的麻烦简直说不完。国难当头，真不明白你抛弃宝玉、背上婴儿这个包袱是为什么？"

林回背着孩子说："那块宝玉是因为值钱才和我在一起。这孩子因为是我的亲生骨肉，和我的感情连在一起。"

和金钱利欲结合在一起，遇到天灾人祸，患难之时便会互相抛弃；和骨肉情义友谊结合在一起，遇到患难便会相依为命。互相抛弃与互相依存，实在是相去十万八千里啊！

用金钱利欲结成的关系是暂时的，不能经受患难的考验；人与人之间的亲情友谊，患难与共才是长久和永恒的。

词 苑撷英

抛弃：扔掉不要，丢弃。

排 比手法

运用了排比的手法，侧面烘托出情义的重要性。

精彩点拨

　　这篇寓言告诉我们，在这个世界上骨肉亲情是世界上最真、最可贵的情感，它的价值并不是钱财所能衡量的。我们也不要被金钱和权力蒙蔽双眼，更不要为了金钱和权力抛弃亲情，六亲不认。

阅读积累

玉　璧

　　玉璧是一种中央有穿孔的扁平状圆形玉器，为我国传统的玉礼器之一，也是"六瑞"之一。玉的礼器是脱胎于石的工具，以其材料难得而逐渐被赋予特定的意义，所制造的器物便演变为贵族的身份，象征进行礼聘、祭祀活动的必备。

好词好句

好词归纳

　　　价值千金　　　天灾人祸　　　利欲结合　　　患难与共　　　逃难

好句欣赏

·和金钱利欲结合在一起，遇到天灾人祸，患难之时便会互相抛弃；和骨肉情义友谊结合在一起，遇到患难便会相依为命。互相抛弃与互相依存，实在是相去十万八千里啊！

果断的班超

　　班超的果断表现在哪些地方？他杀死匈奴使者的故事说明了什么道理？作为一个男子汉，必须身肩重任，有远大的抱负，敢作敢为，心怀天下，以天下为己任。有胸怀，有胆量，有抱负，不怕吃苦，不怕远行，敢于牺牲，才能成为英雄。

　　东汉年间，班超帮助哥哥班固一起撰写《汉书》，但他认为一个男子汉的抱负不应只在纸笔上，于是弃文从武，参加了对匈奴的战斗。他坚毅果敢的性格使他在战场上屡建功勋。后来，东汉王朝为了联合西域各国共同抗御匈奴的侵扰，就派遣班超作为使节出使到西域去。

　　班超手持汉朝的节杖，带领着由36人组成的使团出发了。他们首先来到了鄯（shàn）善国。班超晋见了鄯善国王，说："尊敬的国王陛下，我们汉朝的皇帝派我来，是希望联合贵国共同对付匈奴。我们吃过很多匈奴入侵的苦，应该携起手来，同仇敌忾，匈奴才不敢再猖狂肆虐呀！"鄯善国王早就知道汉朝是一个泱泱大国，国力强盛，人口众多，不容小视，现在又见汉朝的使者庄重威仪，颇有大国之风，果然名不虚传，就连连点头称是道："说得太对了，请您先在鄯国住几天，联合抵抗匈奴之事，容过两天再具体商议吧。"

　　于是班超他们就住下了。头几天，鄯善国王待他们还挺热情，可是没过多久，班超便察觉国王对他们越来越冷淡，不是常找借口避开他们不见，就是好不容易见上了，也绝口不提联合抗

击匈奴之事了。

班超有了一种不祥的预感，他召集使团的人分析说："鄯善国王对我们的态度越来越不友好了，我估计是匈奴也派了人来游说他，我们必须去探察一番，搞清事情的真相。"夜里，班超派人潜进王宫，果然发现国王正陪着匈奴的使者喝酒谈笑，看样子很是投机，就马上回来将这个消息报告给班超。接下来的几天，班超又设法从接待他们的人那里打听到，匈奴不但派来了使节，而且还带了100多个全副武装的随从和护卫。他立刻意识到了事态已经发展到很严重的地步，就马上召集使团研究对策。

班超对大家说："匈奴果然已经派来了使者，说动了鄯善国王，现在我们已处于极度危险之中，如果再不采取有效措施，等鄯善国王被说服，我们就会成为他和匈奴结盟的牺牲品。到时候，我们自身难保是小事，国家交给的使命也就完不成了。大家说该怎么办？"大家齐声答应："我们服从您的命令！"班超猛击了一下桌子，果断地说："不入虎穴，焉得虎子！现在我们只有下决心消灭匈奴，才能完成我们的使命！"当夜，班超就带人冲进匈奴所驻的营垒，趁他们没有防备，以少胜多，终于把100多个匈奴人全部消灭了。

第二天，班超提着匈奴使者的头去见鄯善国王，当面指责他的善变说："您太不像话了，既答应和我们结盟，又背地里和匈奴接触。现在匈奴使者已全被我们杀死了，您自己看着办吧。"鄯善国王又吃惊又害怕，很快就和汉朝签订了同盟协议。

班超的举动震动了西域，其他国家也纷纷和汉朝签订同盟，很多小国也表示和汉朝永久友好。班超终于圆满地完成了使命。

在危急的情境之下，就应当像班超一样果断，敢于冒必要的危险，才能够获得成功。如果这时还犹犹豫豫畏缩不前，后果就不堪设想了。

精彩点拨

　　班超面对匈奴的威胁，以国家利益为重，在出击匈奴中立了功。应学习他有理想、有抱负的精神，班超在鄯善国，只带领36人，深入虎穴，斩杀了匈奴使者及其随从100多人，显示了班超的机智、果断和英勇。班超住西域活动30年，帮助西域各国摆脱了匈奴的束缚和奴役，为巩固统一的多民族国家做出了巨大贡献。

阅读积累

汉书

　　《汉书》，又称《前汉书》，是中国第一部纪传体断代史，"二十四史"之一。由东汉史学家班固编撰，前后历时20余年，于建初年中基本修成，后唐朝颜师古为之释注。其中《汉书》八表由班固之妹班昭补写而成。《汉书》是继《史记》之后中国古代又一部重要史书，与《史记》《后汉书》《三国志》并称为"前四史"。

好词好句

好词归纳

猖狂肆虐　　　犹犹豫豫　　　　畏缩不前　　　　派遣

不堪设想　　　同盟

好句欣赏

· 在危急的情境之下，就应当像班超一样果断，敢于冒必要的危险，才能够获得成功。如果这时还犹犹豫豫畏缩不前，后果就不堪设想了。

不受嗟来之食

精彩导读

　　做人要有骨气。"不食嗟来之食"这句名言就出自这个故事，是说为了表示做人的骨气，绝不低三下四地接受别人的施舍，哪怕是让自己饿死。骨气是一个人的脊梁，没有了脊梁，人就会失去尊严，不被人尊重。没有尊严的人生是没有意义的。

　　战国时期，各诸侯国互相征战，老百姓不得太平，如果再加上天灾，老百姓就没法活了。这一年，齐国大旱，一连三个月没下雨，田地干裂，庄稼全死了，穷人吃完了树叶吃树皮，吃完了草苗吃草根，眼看着一个个都要被饿死了。可是富人家里的粮仓堆得满满的，他们照旧吃香的，喝辣的。

　　有一个富人名叫黔敖，看着穷人一个个饿得东倒西歪，他反而幸灾乐祸。他想拿出点粮食给灾民们吃，但又摆出一副救世主的架子，他把做好的窝窝头摆在路边，施舍给过往的饥民们。每当过来一个饥民，黔敖便丢过去一个窝窝头，并且傲慢地叫着："叫花子，给你吃吧！"有时候，过来一群人，黔敖便丢出去好几个窝头让饥民们互相争抢，黔敖在一旁嘲笑地看着他们，十分开心，觉得自己真是大恩大德的活菩萨。

　　这时，有一个瘦骨嶙峋的饥民走过来，只见他满头乱蓬蓬的头发，衣衫褴褛，将一双破烂不堪的鞋子用草绳绑在脚上，他一边用破旧的衣袖遮住面孔，一边摇摇晃晃地迈着步，由于几天没吃东西了，他已经支撑不住自己的身体，走起路来有些东倒西

词 苑撷英

施舍：以财物救济穷人或出家人。

外 貌描写

运用了外貌描写，写出了这个人的狼狈和虚弱。

歪了。

黔傲看见这个饥民的模样，便特意拿了两个窝窝头，还盛了一碗汤，对着这个饥民大声吆喝着："喂，过来吃！"饥民像没听见似的，没有理他。黔傲又叫道："嗟，听到没有？给你吃的！"只见那饥民突然精神振作起来，瞪大双眼看着黔傲说："收起你的东西吧，我宁愿饿死也不愿吃这样的嗟来之食！"

黔傲万万没料到，饿得这样摇摇晃晃的饥民竟还保持着自己的人格尊严。黔傲满面羞惭，一时说不出话来。

本来，救济、帮助别人就应该真心实意而不要以救世主自居。对于善意的帮助是可以接受的；但是，面对"嗟来之食"，倒是那位有骨气的饥民的精神，值得我们赞扬。

这篇寓言告诉我们不食嗟来之食是说为了表示做人的骨气，绝不低三下四地接受别人的施舍，哪怕是饿死。贫穷并不可怕，但心不能穷。如果心穷了，那就真穷了。做人可以穷，但是志气不能穷，要做一个昂首挺胸的人，才能受人尊重，不能随便屈服。

菩萨

比喻心地善良，能解救别人急难的人。比喻明哲保身的好好先生。佛教中四大菩萨，指的是文殊菩萨、观音菩萨、普贤菩萨、地藏菩萨四位法力高深的菩萨。菩萨是"菩提萨埵"之略称。

 词好句

好词归纳

> 东倒西歪　　　摇摇晃晃　　　真心实意　　　嗟来之食
>
> 瘦骨嶙峋　　　衣衫褴褛　　　破烂不堪

好句欣赏

· 这时，有一个瘦骨嶙峋的饥民走过来，只见他满头乱蓬蓬的头发，衣衫褴褛，将一双破烂不堪的鞋子用草绳绑在脚上，他一边用破旧的衣袖遮住面孔，一边摇摇晃晃地迈着步，由于几天没吃东西了，他已经支撑不住自己的身体，走起路来有些东倒西歪了。

小偷退齐兵

在小偷偷东西的过程中，是怎么逐渐让骑兵退缩的？每个人都有属于自己的过人之处，也有浪子回头的时候。不要小看任何一个人。千里马常有，而伯乐不常有。世界上有很多有才能的人，我们要有一双善于发现有才能的人的眼睛。

子发是楚国的一位将领，他很注意有一技之长的人，善于利用这些人的长处为自己服务。楚国有一个擅偷窃的人听说了这件事，便去投靠子发。小偷对子发说："听说您愿起用有技艺的人，我是个小偷，以前不务正业，如果您能收留我，我愿为您当差，以我的技艺为您服务。"

子发听小偷这么说，又见他满脸诚意，很是高兴，连忙从座位上起身，对小偷以礼相待，竟连腰带也顾不上系紧，帽子也来不及戴端正。小偷见子发果然是真心，简直是受宠若惊了。

子发手下的官员、侍从们都劝谏说："小偷是天下的盗贼，为人们所不齿，您怎么对他如此尊重？"

子发摆摆手说："你们一时难以理解，以后就会明白的，我自有道理。"

适逢齐国兴兵攻打楚国，楚王派子发率军队前去迎战齐兵。结果，连续交锋3次，楚军都败下阵来。

军帐内，子发召集大小将领商议退齐兵的策略，将领们想了好多计策，个个忠诚无比，可是对击退齐兵却一筹莫展，而齐兵反而愈战愈强。

面对紧张的形势，那个小偷来到帐前求见，主动请缨。小偷说："我有个办法，请让我去试试吧。"子发同意了。

夜间，小偷溜进齐军营内，神不知鬼不觉地将齐将首领的帷帐偷了出来，回到楚营交给子发。子发便派了一个使者将帷帐送还齐营并对齐军说："我们有一个士兵出去砍柴，得到了将军的帷帐，现特前来送还。"齐兵面面相觑，目瞪口呆。

第二天，小偷又潜进齐营，取回齐军首领的枕头。子发又派人送还。

第三天，小偷第三次进了齐营，取回来齐军首领的头发簪子。子发第三次派人将簪子送还。这一回，齐军首领惊恐万分，不知所措。齐军营中议论纷纷，各级将领大为惊骇。于是，齐军首领召集军中将士们商议对策。首领对大家说："今天再不退兵，楚军只怕要取我的头了！"将士们无言以对，首领立即下令撤军。

齐军终于退兵而走。楚营内大大嘉奖那个立功的小偷，众将士无不佩服子发的用人之道。

小偷，如果损害社会人民，的确该绳之以法；如果改邪归正，把技艺特长用到有益的地方，有时也能干出大事来。

精 彩点拨

这篇寓言告诉我们小偷如果损害社会、人民，是千古罪人；如果小偷能够改邪归正，回头是岸，把技艺和特长用到有益的地方，用到为祖国、为人民的利益上来就能建功立业！就能得到人们的尊重！就是一个有益于人们的人！

读积累

簪　子

　　簪子又称簪、发簪、冠簪，是用以固定头发或顶戴的发饰，同时有装饰作用，一般为单股（单臂），双股（双臂）的称为钗或发钗，形似叉。钗指妇女用的发饰。金钗指金制的发钗，喻高贵的妇女。荆钗指以荆枝为发钗，喻妇女朴素的服饰（土钗为扒刈和挖草用的铁叉，不是发饰）。由于钗有两股，分钗便被借用来指夫妻分如"破镜分钗""分钗断带"。

 词好句

好词归纳

　　　难以理解　　　议论纷纷　　　目瞪口呆　　　大为惊骇

　　　绳之以法　　　改邪归正　　　愈战愈强　　　一技之长

好句欣赏

·子发听小偷这么说，又见他满脸诚意，很是高兴，连忙从座位上起身，对小偷以礼相待，竟连腰带也顾不上系紧，帽子也来不及戴端正。小偷见子发果然是真心，简直是受宠若惊了。

牛缺遇盗

精彩导读

　　牛缺遇盗给我们带来的警示就是，做人一定要坚强，遇到了问题，不要一味地妥协和软弱。而是要用智慧和力量去斗争，想办法解决问题。不要太仁慈、友善，那样的话，敌人会更加得寸进尺，最终把你打倒。

　　牛缺，在上地这一带地方是位声望很高的饱学之士。有一次，他要去邯郸拜见赵国国君，途经耦（ǒu）沙时，遇上了一伙强盗。强盗抢走了他的牛车及随身衣物，他只好步行。强盗在一旁看到这人对被劫之事并不在意，脸上连半点忧愁和吝啬的表情都没有，心中不免生疑，于是便追上去想问个究竟。

　　牛缺坦然地回答说："一个有德行的人，不应当因丢失一点供养自己的财物而去与人争斗，这样会危害它所供养的自身的安全啊。"

　　强盗们听后，同声称赞道："这真是一个贤德之人啊！"他们望着牛缺渐渐走远的背景，忍不住又商议："如此贤德之人去拜见赵国的国君，必会受到信用，他如果在国君面前告发了我们的强盗行径，我们一定会大难临头。因此，还不如先下手为强。"于是，这伙强盗再一次追上牛缺，并把他杀掉了。

　　有个燕国人听说了这件事后，就将全家族的人集合起来，告诫他们："今后谁遇上了强盗，可千万别学牛缺那样以贤德求忍让呀！"大家都牢牢记住了这个教训。

　　不久，这个燕国人的弟弟要到秦国去，一行人来到函谷关下，又遇上了强盗。他想起了哥哥临别时的告诫，始终不肯轻易舍弃财物，在实在斗不过这伙强人时，他又跪在地上，低三下四地哀求强盗以慈善为本，发还抢走的财物。

强盗们被纠缠得大怒了，忍不住厉声喝道："我们没有要你的性命，就已经够宽宏大量了。你现在还要死死地缠住我们，索要财物，这不就把我们的行迹暴露了吗？我们既然已经做了强盗，哪里还有什么慈悲仁义可言？"只见这伙人手起刀落，将那个燕国人的弟弟杀了，同时还杀害了与之同行的四五个伙伴。

牛缺与燕人被害的悲剧警醒后人：对于杀人不眨眼的强盗，既不能讲"贤德"，也不能苦苦哀求；只有丢掉幻想，团结斗争，战而胜之，才是唯一正确的选择。

词 苑撷英

慈悲：给众生快乐，将众生从苦难中拔救出来。

动 作描写

运用了语言描写和动作描写，写出了强盗们的愤怒。

精 彩点拨

牛缺与燕人被害的悲剧警醒后人：对于杀人不眨眼的强盗，既不能讲"贤德"，也不能苦苦哀求；只有丢掉幻想，团结斗争，战而胜之，才是唯一正确的选择。一味地退缩只会让悲剧更快地发生。勇敢地站出来，奋斗，才有可能改变局面和命运。

阅 读积累

燕 国

燕国是周朝时期的周王族诸侯国之一，始祖是周王族宗室召公，战国七雄之一。周武王灭商后，封其弟姬奭于燕地，是为燕召公。燕国向冀北、辽西一带扩张，吞并蓟国后，建都蓟。公元前222年，秦王政派王贲率军进攻辽东，虏燕王喜，燕国灭亡。

 好词好句

好词归纳

大难临头　　宽宏大量　　苦苦哀求　　饱学之士

警醒　　团结

好句欣赏

· 有个燕国人听说了这件事后，就将全家族的人集合起来，告诫他们："今后谁遇上了强盗，可千万别学牛缺那样以贤德求忍让呀！"大家都牢牢记住了这个教训。

· 不久，这个燕国人的弟弟要到秦国去，一行人来到函谷关下，又遇上了强盗。他想起了哥哥临别时的告诫，始终不肯轻易舍弃财物，在实在斗不过这伙强人时，他又跪在地上，低三下四地哀求强盗以慈善为本，发还抢走的财物。

毕歆与王朗

在这个故事里，王朗事前只想做好人，却没有考虑可能出现的情况，面临危险的时候，又表现出了不顾道义的嘴脸（人无远虑，必有近忧的写照啊），这就是普通人的表现。华歆在事发前能够虑及可能的变化，看似不近人情，其实深思熟虑；面临危险时又能够秉持道义，从一而终，十分了不起。

华歆（xīn）与王朗是一对好朋友，两个人都很有学识，德行也受到大家的称赞，分不出谁好一些，谁差一点。

有一年，洪水泛滥，淹没了许多村庄和大片的良田，百姓叫苦连天。华歆和王朗的家乡也遭了灾，房子都被大水冲倒了，盗贼也趁火打劫，四下作案，很不太平。无奈，华歆和王朗只得和别的几个邻居一起坐了船去逃难。

船上的人都到齐了，物品也装妥了，马上就要解缆离岸出发。这时候，远处忽然奔过来一个人，他背着包袱跑得气喘吁吁，大汗淋漓。这个人也顾不得擦汗，一边朝这边挥手一边扯开嗓子大叫道："先别开船，等等我，等等我呀！"

这人好不容易跑到船跟前，上气不接下气地说：船都被人叫完了，没有人肯收留我，我远远看到这边还有一条……船，就跑过来……求求你们……带上我……一起走吧……"

华歆听了，皱起眉头想了想，对这个人说："对不起得很，我们的船也已经满了，你还是再去另想办法吧。"

王朗却很大方，责备华歆说："华歆兄，你怎么这样小气，船上还很宽裕嘛，见死不救可不是君子所为，带上人家吧。"

华歆见王朗这样说，就不再坚持自己的意见，略微沉思片刻，答应了那人的请求。

华歆、王朗他们的船平安地走了没几天，就碰上了盗贼。盗贼们划船追过来，眼看越追越近了，船上的人们都惊慌不已，不知该怎么办好，拼命地催促船家快些、再快些。

王朗也害怕得不行，他找华歆商量说："现在我们遇上盗贼，情况紧急，船上人多了没有办法跑得更快。不如我们叫后上船的那个人下去吧，也好减轻些船的重量。"

华歆听了，严肃地回答道："开始的时候，我考虑良久，犹豫再三，就是怕人多了行船不便，弄不好会误事，所以才拒绝人家。可是现在既然已经答应了人家，怎么能够又出尔反尔，因为情况紧急就把人家甩掉呢？"

王朗听了这番话，面红耳赤，羞愧得说不出话来。在华歆的坚持下，他们还是像当初一样，带着那个后上船的人，始终没有抛弃他。而他们的船也终于在大家的共同努力下，摆脱了盗贼，安全地到达了目的地。

王朗表面上大方，实际上是在不涉及自己利益的情况下送人情。一旦与自己的利益发生矛盾，他就露出了极端自私、背信弃义的真面孔。而华歆则一诺千金，不轻易承诺，一旦承诺就一定要遵守。我们应该向华歆学习，守信用、讲道义，像王朗那样的德行，是应该被人们鄙弃的。

词 苑撷英

严肃：令人畏惧。

语 言描写

写出华歆在事发前考虑周到又能秉持正义，从一而终。

精 彩点拨

这个故事告诉我们，做任何事情都要谋定而后动，碰到任何情况都要坚持原则。谋略比勇气更加重要，只有勇气没有谋略是莽夫，很容易被人利用，最后只会落得一个悲惨的结局。做人也应该讲究诚信，没有诚信就没有朋友，没有朋友，即使自己落难，也不会有人来帮助你。

读积累

洪　水

　　洪水是由暴雨、急骤融冰化雪、风暴潮等自然因素引起的江河湖海水量迅速增加或水位迅猛上涨的水流现象。当流域内发生暴雨或融雪产生径流时，都依其远近先后汇集于河道的出口断面处。当近处的径流到达时，河水流量开始增加，水位相应上涨，这时称洪水起涨。及至大部分高强度的地表径流汇集到出口断面时，河水流量增至最大值称为洪峰流量，其相应的最高水位，称为洪峰水位。到暴雨停止以后的一定时间，流域地表径流及存蓄在地面、表土及河网中的水量均已流出出口断面时，河水流量及水位回落至原来状态。洪水从起涨至峰顶到回落的整个过程连接的曲线，称为洪水过程线，其流出的总水量称洪水总量。

 词好句

好词归纳

　　气喘吁吁　　大汗淋漓　　一诺千金　　面红耳赤　　羞愧

好句欣赏

· 王朗听了这番话，面红耳赤，羞愧得说不出话来。在华歆的坚持下，他们还是像当初一样，带着那个后上船的人，始终没有抛弃他。而他们的船也终于在大家的共同努力下，摆脱了盗贼，安全地到达了目的地。

中国古今寓言

119

乐羊的"忠心"

精彩导读

　　从乐羊食子一事中，可以看出乐羊是个怎样的人？文候为什么赏其功而起疑心？凡事有一利必有一弊，虽然乐羊表明了自己的忠心，但是也让国王看到了他的无情无义和心狠手辣，不达目的不罢休。对自己儿子都无心的人，对国家又能忠诚到什么地步呢？

　　乐羊本是中山国的人，后来他投奔了魏国。为了表示对魏王的忠心，乐羊主动率领魏国的军队去攻打自己的故国中山国。

　　中山国是个弱小国家，哪里抵挡得了魏国的进攻呢？当时，乐羊的儿子还留在中山国。中山国的人在魏国的猛烈进攻下，无计可施，君臣经过一番商议，决定以乐羊的儿子做筹码来要挟乐羊退兵，中山国把乐羊的儿子绑起来吊在城楼上，威胁乐羊。谁知乐羊全然不顾吊在城楼上的可怜巴巴的儿子，反而更加猛烈地攻城。

　　中山国的将士们都十分生气，没想到乐羊原来是这样一个无情无义之人，于是他们将乐羊的儿子杀了。中山国的人将乐羊的儿子烹煮成肉羹，派人送给乐羊吃。

　　不料，乐羊面对此事仍毫不动心，一点怜子之心也没有，一丝悲伤之情也不见，反而将用儿子血肉做成的羹汤吃了个干净，然后率领着魏军向中山国发起了猛烈进攻。由于乐羊攻城态度坚决，不拿下中山国决不罢休。经过几番激战，中山国终于为乐羊所灭。

　　战争结束，魏国的疆域又开拓了一大片，乐羊为魏王立了大功。庆功会上，魏王给了乐羊很重的奖赏。事后，魏王便冷落了乐羊，不再信任他了。

　　有人不理解魏王，问魏王说："乐羊为大王立了这样大的功劳，您为何如此疏远他呢？"

魏王摇摇头说："一个为了向上爬而背叛一切的人，他连自己的故国、儿子都毫不顾惜，除了自己，他还会对谁忠诚呢？我怎么可以去亲近、信任这样一个危险的人呢？"

的确是这样，乐羊背叛自己的国家，连儿子的性命也不顾，不惜用儿子的生命和故国的利益来换取自己的利禄，这样的人只应遭到唾弃。看来，聪明的魏王疏远乐羊是明智的。

语言描写

运用了语言描写，侧面烘托出乐羊的无情无义。

精彩点拨

乐羊为了表明忠心，不屈服，哪怕是儿子的性命受到威胁也丝毫不动摇，甚至能吃掉用自己儿子的血肉做成汤羹，说明他内心的无情无义和心狠手辣，对自己的儿子尚且没有感情，何况是一个没有血缘的国家呢？乐羊虽然用狠心表明了自己的忠心，但是也证明了自己的无情无义。

阅读积累

中山国

中山国，春秋战国时白狄的一支——鲜虞仿照东周各诸侯国于公元前507年建立的国家，位于今河北省中部太行山东麓一带。中山国当时位于赵国和燕国之间，都于顾（今河北定州），后迁都于灵寿（今中国河北省平山县），因城中有山得国名。

好词归纳

无计可施　　　唾弃　　　　　背叛　　　　　毫不顾惜

可怜巴巴　　　决不罢休　　　毫不动心

好句欣赏

· 不料，乐羊面对此事仍毫不动心，一点怜子之心也没有，一丝悲伤之情也不见，反而将用儿子血肉做成的羹汤吃了个干净，然后率领着魏军向中山国发起了猛烈进攻。由于乐羊攻城态度坚决，不拿下中山国决不罢休。经过几番激战，中山国终于为乐羊所灭。

德比才重要

精彩导读

　　德才兼备，德比才先，这句话的意思是指兼备有优秀的品德和才能，品德比才能更重要。阳虎桃李满天下，但是他的学生却离间他和君王的关系，败坏他的名声，还有要追捕他的，虽然有才能，但是都品行不端正。

　　阳虎的学生在天下为官的，比比皆是。可是有一次阳虎在卫国却遭到官府通缉，他四处逃避，最后逃到北方的晋国，投奔到赵简子门下。

　　见阳虎丧魂落魄的样子，赵简子问他说："你怎么变成这样子呢？"

　　阳虎伤心地说："从今以后，我发誓再也不培养人了。"

　　赵简子问："这是为什么呢？"

　　阳虎懊丧地说："许多年来，我辛辛苦苦地培养了那么多人才，直至在当朝大臣中，经我培养的人已超过半数；在地方官吏中，经我培养的人也超过半数；那些镇守边关的将士中，经我培养的同样超过半数。可是没想到，就是由我亲手培养出来的人，他们在朝廷做大臣的，离间我和君王的关系；做地方官吏的，无中生有地在百姓中败坏我的名声；更有甚者，那些领兵守境的，竟亲自带兵来追捕我。想起来真让人寒心哪！"

　　赵简子听了，深有感触。他对阳虎说："只有品德好的人，才会知恩图报；那些品质差的人，他们是不会这么做的。你当初在培养他们的时候，没有注意挑选品德好的加以培养，才落得今

词 苑撷英

懊丧：懊恼沮丧。

排 比手法

运用了排比手法，侧面写出了阳虎的学生品行不端正。

词 苑撷英

知恩图报：意思是得到别人的恩德，要懂得回报于他人。

123

天这个结果。比方说，如果栽培的是桃李，那么，除了夏天你可以在它的树荫下乘凉休息外，秋天还可以收获那鲜美的果实；如果你种下的是蒺藜呢，不仅夏天乘不了凉，到秋天你也只能收到扎手的刺。在我看来，你所栽种的，都是些蒺藜呀！所以你应记住这个教训，在培养人才之前就要对他们进行选择，否则等到培养完了再去选择，就已经晚了。"

阳虎听了赵简子一番话，点头称是。

人的品德应该比才能更重要，因此应有选择地培养人才，不可良莠不分，这对我们是很有启发的。

彩点拨

　　这篇寓言告诉我们：人的品德比才能更重要。众所周知，天才总是受人崇拜，但没有天才的能力，倘若拥有良好的品格，更能赢得人们的尊重。天才是超群智力所结的硕果，而良好的品格是高尚灵魂所聚的结晶。

读积累

蒺 藜

　　蒺藜，又名白蒺藜、屈人等。为蒺藜科蒺藜属植物，茎平卧，无毛，被长柔毛或长硬毛。全国各地均有分布。生长于沙地、荒地、山坡、居民点附近等地。青鲜时可做饲料。果入药能平肝明目，散风行血。果刺易粘附家畜毛间，有损皮毛质量。为草场有害植物。

词好句

好词归纳

　　丧魂落魄　　良莠不齐　　辛辛苦苦　　四处逃避　　追捕

好句欣赏

·比方说，如果栽培的是桃李，那么，除了夏天你可以在它的树荫下乘凉休息外，秋天还可以收获那鲜美的果实；如果你种下的是蒺藜呢，不仅夏天乘不了凉，到秋天你也只能收到扎手的刺。在我看来，你所栽种的，都是些蒺藜呀！所以你应记住这个教训，在培养人才之前就要对他们进行选择，否则等到培养完了再去选择，就已经晚了。

张良与老人

精彩导读

有一天，张良见到一位老翁，老翁将鞋坠落桥下，让张良下桥去捡。张良很不情愿将鞋捡上来并给老翁穿上。老翁让他5天之后再到这里来。两个5天后，张良都没有赶到老翁之前来到此处。第三个5天后，张良终于在老翁来之前来到桥上。老翁交给张良一本书。张良读了之后，当上了刘邦的高级谋士。

张良是汉高祖刘邦的重要谋臣，在他年轻时，曾有过这么一段故事。

那时的张良还只是一名很普通的青年。一天，他漫步来到一座桥上，对面走过来一个衣衫破旧的老头儿。那老头儿走到张良身边时，忽然脱下脚上的破鞋子丢到桥下，还对张良说："去，把鞋给我捡回来！"张良当时感到很奇怪又很生气，觉得老头儿是在侮辱自己，真想上去揍他几下。可是他又看到老头儿年岁很大，便只好忍着气下桥给老头儿捡回了鞋子。谁知这老头得寸进尺，竟然把脚一伸，吩咐说："给我穿上！"张良更觉得奇怪，简直是莫名其妙。尽管张良已很生气，但他想了想，还是决定干脆帮忙就帮到底，他还是跪下身来帮老头儿将鞋子穿上了。

老头儿穿好鞋，跺跺脚，哈哈笑着扬长而去。张良看着头也不回、连一声道谢都没有的老头儿的背影，正在纳闷儿，忽见老头儿转身又回来了。他对张良说："小伙子，我看你有深造的价值。这样吧，5天后的早上，你到这儿来等我。"张良深感玄妙，就诚恳地跪拜说："谢谢老先生，愿听先生指教。"

第五天一大早，张良就来到桥头，只见老头儿已经先在桥头等候。他见到张良，很生气地责备张良说："同老年人约会还迟到，这像什么话呢？"说完他就起身走了。走出几步，老头儿又回头对张良说："过5天早上再会吧。"

张良有些懊悔，可也只有等5天后再来。

到第五天，天刚蒙蒙亮，张良就来到了桥上，可没料到，老人又先他而到。看见张良，老头儿这回可是声色俱厉地责骂道："为什么又迟到呢？实在是太不像话了！"说完，十分生气地一甩手就走了。临了依然丢下一句话："还是再过5天，你早早就来吧。"

张良惭愧不已。又过了5天，张良刚刚躺下睡了一会儿，还不到半夜，就摸黑赶到桥头，他不能再让老头儿生气了。过了一会儿，老头儿来了，见张良早已在桥头等候，他满脸高兴地说："就应该这样啊！"然后，老头儿从怀中掏出一本书来，交给张良说："读了这部书，就可以帮助君王治国平天下了。"说完，老头儿飘然而去，还没等张良回过神来，老头儿已没了踪影。

等到天亮，张良打开手中的书，他惊奇地发现自己得到的是《太公兵法》，这可是天下早已失传的极其珍贵的书呀，张良惊异不已。

从此后，张良捧着《太公兵法》日夜攻读，勤奋钻研。后来真的成了大军事家，做了刘邦的得力助手，为汉王朝的建立，立下了卓著功勋，名噪一时，功盖天下。

张良能宽容待人，至诚守信，做事勤勉，所以才能成就一番大事业。这也告诉我们，一个人加强自我修养是多么重要。

语言描写

运用了语言描写，写出了老人的愤怒。

词苑撷英

功盖天下：功劳天下第一。

彩点拨

　　我们从这则短小的故事中应当看出张良那种尊敬老人、强忍屈辱的品格。在这里，我认为，尊敬老人是前提，虽然张良最终是以强忍屈辱而取得成功的，但如果没有尊敬老人这一先决条件，就不会有以后的故事。在文中我们可以读到这一句话，当老人对张良说"孺子！下取履！"时，张良先是"愕然"，甚至也有"欲殴之"的念头，但"为其老"，故"强忍"。可见"强忍"的前提是"为其老"。我们可以设想一下，如果叫张良"下取履"的是樊哙式的武士，张良还会"强忍"着为他人办事"吗？苏轼在《留侯论》中说，老人与张良素昧平生，突然在野外相遇，却命令他做仆人的事情，而张良却油然而生敬意，又不责怪老人。因而，从尊敬老人这一条来说，可以给我们许多启示。

读积累

太公兵法

《六韬》又称《太公六韬》《太公兵法》，据说是中国先秦时期著名的黄老道家典籍《太公》的兵法部分。中国古典军事文化遗产的重要组成部分，其内容博大精深，思想精邃富赡，逻辑缜密严谨，是中国古代军事思想精华的集中体现。

最早明确收录此书的是《隋书·经籍志》，题为"周文王师姜望撰"。姜望即姜太公吕望。但是自宋代以来，就不断有人对此提出质疑。从此书的内容、文风及近年出土文物资料等分析，可大致断定《六韬》是战国时期黄老道家典籍。全书有六卷，共六十篇。《六韬》的内容十分广泛，对有关战争和各方面问题，几乎都涉及了。其中最精彩的部分是它的战略论和战术论。

词好句

好词归纳

漫步	破旧	侮辱	莫名其妙
得寸进尺	扬长而去	深造	指教
责备	懊悔	声色俱厉	惭愧不已
钻研	名噪一时	勤勉	

好句欣赏

· 张良能宽容待人，至诚守信，做事勤勉，所以才能成就一番大事业。这也告诉我们，一个人加强自我修养是多么重要。

仁智的孙叔敖

精彩导读

古代有迷信，如果谁在路上看到了双头蛇，就会死去。有一天，孙叔敖在路上看到了双头蛇，为了不让其他人死去，他打死了双头蛇，还把他埋了起来。这样，别人就不会和他一样，因为看到双头蛇而死去。这篇寓言主要讲的是孙叔敖在面对死亡的时刻，还能为别人着想，所以老百姓信赖他。这说明：能为群众着想的人，群众也会拥护和信任他。

小时候的孙叔敖就是一个好孩子，他勤奋好学，尊敬长辈，孝敬母亲，很受邻里的喜爱。

有一次，孙叔敖外出玩耍，忽然看到路上爬着一条双头蛇。他以前听别人说，谁要是看见两头蛇，谁就会死去。孙叔敖乍一见这条蛇，心中不免一惊。他决定马上把这条双头蛇打死，不能再让别人看见。于是他拾起路边的大石块，打死了双头蛇，并把它深深地埋起来。

回到家里，孙叔敖闷闷不乐，饭也不吃，一个人坐在油灯前看书发呆。他母亲看到这孩子的情绪有些不对头，便问他道："孩子，你今天是怎么啦？"

孙叔敖抬头看了看母亲，摇摇头说："没什么。"然后低下头去，依然无精打采。

母亲伸出手，摸了摸他的额头说："莫不是生病了？"

孙叔敖再也憋不住了，一下扯住母亲的衣袖伤心地哭起来。妈妈感到十分诧异，问道："孩子，你到底出了什么事啊，哭得这么伤心？"

孙叔敖边哭边说："今天我在外面看到了一条双头蛇。听人说，看见这种蛇的人会死去的，要是我死了，我就再也见不到您了……"

母亲边安慰他边问道："那条蛇现在在哪里呢？"

孙叔敖边擦眼泪边回答说："我怕再有人看见它也会死去，就把它打死后，埋起来了。"

听了孙叔敖的话，母亲很感动，她高兴地摸着孙叔敖的头说："好孩子，你做得对。你的心眼这么好，你一定不会死的。好人总是有好报的。"

孙叔敖半信半疑地看着母亲，点了点头。

后来，孙叔敖长大成人，由于他的学识、品德好，做了楚国的令尹。他还没正式上任，老百姓就已经很信赖他了。

孙叔敖在面对死亡的时刻，还能为别人着想，所以老百姓信赖他。这说明：能为群众着想的人，群众也会拥护和信任他。

词 苑撷英

安慰：意思是安顿抚慰，用欢娱、希望、保证以及同情心减轻、安抚或鼓励。

动 作描写

运用了动作描写和神态描写，写出了孙叔敖的乖巧。

精 彩点拨

孙叔敖小时候在面对死亡的时刻，还能为别人着想，所以老百姓信赖他。这说明：能为群众着想的人，群众也会拥护和信任他。孙叔敖后来为相，善施教化，施政爱民，宽缓不苛，社会官民和合，风俗淳美，吏不奸邪，山无盗贼，百姓各行其便，生活安乐。

阅 读积累

孙叔敖（约前630—前593），芈姓，蒍氏，名敖，字孙叔，郢都（今湖北省荆州市）人。春秋时期楚国令尹。历史治水名人。

距今2600多年前，淮河洪灾频发，孙叔敖主持治水，倾尽家资。历时三载，终于修筑了中国历史上第一座水利工程——芍陂（què bēi），借淮河古道泄洪，筑陂塘灌溉农桑，造福淮河黎民。后来又修建了安丰塘等大量水利工程，2600年过去，至今仍在发挥着作用。孙叔敖受楚庄王赏识，开始辅佐庄王治理国家。

词好句

好词归纳

　　　　勤奋好学　　　闷闷不乐　　　半信半疑

好句欣赏

· 小时候的孙叔敖就是一个好孩子，他勤奋好学，尊敬长辈，孝敬母亲，很受邻里的喜爱。

· 回到家里，孙叔敖闷闷不乐，饭也不吃，一个人坐在油灯前看书发呆。

任公子钓大鱼

精彩导读

任公子决心要钓一条大鱼。为此，他制作了一个特大的鱼钩，准备了一条粗长的钓绳，用五十头阉割的牛做钓饵。他完成了所有准备，便蹲在会稽山上开始了垂钓。一年过去了，公子一条鱼也没有钓到，他依然耐心地等待。终于，他钓上来一条大鱼，然后把这条鱼和百姓一起分享。

词 苑撷英

不急不躁：形容心情平静，不急躁，行动从容，依次进行，不越轨，不逾格，工作谨慎踏实。

古代有一位任公子，胸怀大志，为人宽厚潇洒。任公子做了一个硕大的钓鱼钩，用很粗很结实的黑绳子把鱼钩系牢，然后用15头阉过的肥牛做鱼饵，挂在鱼钩上去钓鱼。

任公子蹲在高高的会稽山上，他把钓钩甩进阔大的东海里。一天一天过去了，没见什么动静，任公子不急不躁，一心只等大鱼上钩。一个月过去了，又一个月也过去了，毫无成效，任公子依然不慌不忙，十分耐心地守候着大鱼上钩。一年过去了，任公子没有钓到一条鱼，可他还是毫不气馁地蹲在会稽山上，任凭风吹雨打，任公子信心依旧。

又过了一段时间，突然有一天，一条大鱼游过来，一口吞下了钓饵。这条大鱼即刻牵着鱼钩一头沉入水底，它咬住大鱼钩只疼得狂跳乱奔，一会儿钻出水面，一会儿沉入水底，只见海面上掀起了一阵阵巨浪，如同白色山峰，海水摇撼震荡，啸声如排山倒海，大鱼发出的惊叫如鬼哭狼嚎，那巨大的威势让千里之外的人听了都心惊肉跳、惶恐不安。

比 喻手法

运用比喻手法，描写出海面的辽阔。

任公子最后终于征服了这条筋疲力尽的大鱼，他将这条鱼剖开，切成块，然后晒成肉干。任公子把这些肉干分给大家共享，从浙江以东到苍梧以北一带的人，全都品尝过任公子用这条大鱼制作的鱼干。

多年以后，一些既没本事又爱道听途说、评头品足的人，都以惊奇的口气互相传说着这件事情，似乎还大大表示怀疑。因为这些眼光短浅、只会按常规做事的人，只知道拿普通的鱼竿，到一些小水沟或河塘去，眼睛盯着鲵鲋一类的小鱼，他们要想像任公子那样钓到大鱼，当然是不可能的。

目光短浅的人难以和志向高远的人相比，浅陋无知的人也不能和具有经世之才的人相提并论，因为二者的差别实在太大了。

精彩点拨

人们能够实现目标，取决于个人的理想与定位：在小河小沟里你只能看到小鱼小虾，只有在大海里才能看到鲸鱼。人，要想成就一番大事业，就需要有崇高的理想和抱负，要有广阔的视野，在面对困难的时候，不追求一朝一夕，只要按照既定的目的始终如一，坚持不懈，最后一定会获得成功。

阅读积累

任公子

任公子，出自《庄子集释》，指的是古代传说中善于捕鱼的人，亦称任公、任父。成玄英疏："任，国名。任国之公子。"后常用以指超世的高士。在后世多被引用为典故，如唐代李贺《苦昼短》诗："谁似任公子，云中骑碧驴。"明代薛惠的《草堂》诗："平生颇诧任公子，末路方思马少游。"

好词归纳

胸怀大志	潇洒	毫无成效	不慌不忙
毫不气馁	排山倒海	心惊肉跳	惶恐不安
征服	筋疲力竭	道听途说	评头品足

好句欣赏

· 目光短浅的人难以和志向高远的人相比，浅陋无知的人也不能和具有经世之才的人相提并论，因为二者的差别实在太大了。

驼背翁捕蝉

孔子和学生，见一捕蝉技巧高超的驼背翁，便问其技巧如何练就。捕蝉翁道，神气专注，收视反听，才能炉火纯青、驾轻就熟。孔子等人深以为然。这才明白，每个人都不是万能的。每个人都可以通过多次练习，熟能生巧，成为行业中的佼佼者。

孔子带领学生去楚国采风。他们一行从树林中走出来，看见一位驼背翁正在捕蝉。他拿着竹竿粘捕树上的蝉就像在地上拾取东西一样自如。

"老先生捕蝉的技术真高超。"孔子恭敬地对老翁表示称赞后问，"您对捕蝉想必是有什么妙法吧？"

"方法肯定是有的，我练捕蝉五六个月后，在竿上垒放两粒粘丸而不掉下，蝉便很少有逃脱的。如垒三粒粘丸仍不落地，蝉十有八九会被捕住；如能将五粒粘丸垒在竹竿上，捕蝉就会像在地上拾东西一样简单容易了。"捕蝉翁说到此处将将胡须，严肃地向孔子的学生们传授经验。他说："捕蝉首先要学练站功和臂力。捕蝉时身体定在那里，要像竖立的树桩那样纹丝不动；竹竿从胳膊上伸出去，要像控制树枝一样不颤抖。另外，注意力高度集中，无论天大地广，万物繁多，在我心里只有蝉的翅膀，我专心致志，神情专一。精神到了这番境界，捕起蝉来，那还能不手到擒来、得心应手吗？"

大家听完驼背老人捕蝉的经验之谈，无不感慨万分。孔子对身边的弟子深有感触地议论说："神情专注，专心致志，才能出

比 喻手法

运用比喻手法，描写出蝉的动作轻巧。

词 苑撷英

专心致志：意思是把心思全放在上面。形容一心一意，聚精会神。出自《孟子·告子上》。

神入化、得心应手。捕蝉老翁讲的可是做人办事的大道理啊!"

驼背翁捕蝉的故事向我们昭示了一个真理:学好任何本领都需苦练扎实基本功,专心致志,日积月累,才能取得真功。

精彩点拨

通过这个故事我们可以知道在任何一个行业,只要你神情专注,专心致志,慢慢地就能够出神入化,得心应手。不要小瞧任何一个行业,或者任何一个人,每个人都有自己擅长的领域,都不容小觑。

阅读积累

孔 子

孔子(前551—前479),子姓,孔氏,名丘,字仲尼,祖籍宋国栗邑(今河南省商丘市夏邑县),生于春秋时期鲁国陬邑(今山东省曲阜市)。中国著名的思想家、教育家、政治家,与弟子周游列国十四年,晚年修订六经,即《诗》《书》《礼》《乐》《易》《春秋》。被联合国教科文组织评为"世界十大文化名人"之首。孔子一生修《诗》《书》,定《礼》《乐》,序《周易》,作《春秋》。相传孔子有弟子三千,其中有贤人七十二。孔子去世后,其弟子及其再传弟子把孔子及其所有弟子的言行语录和思想记录下来,整理编成儒家经典《论语》。孔子在古代被尊奉为"天纵之圣""天之木铎",是当时社会上的最博学者之一,被后世统治者尊为孔圣人、至圣、至圣先师、大成至圣文宣王先师、万世师表。其儒家思想对中国和世界都有深远的影响,孔子被列为"世界十大文化名人"之首。孔子被尊为儒家始祖,随着孔子影响力的扩大,孔子祭祀也一度成为和国家的祖先同等级别的"大祀"。这种殊荣除老子外,万古唯有孔子而已。

 词好句

好词归纳

采风　　　　感慨万分　　　深有感触　　　昭示

专心致志　　　日积月累

好句欣赏

· 大家听完驼背老人捕蝉的经验之谈，无不感慨万分。孔子对身边的弟子深有感触地议论说："神情专注，专心致志，才能出神入化、得心应手。捕蝉老翁讲的可是做人办事的大道理啊！"

· 驼背翁捕蝉的故事向我们昭示了一个真理：学好任何本领都需苦练扎实基本功，专心致志，日积月累，才能取得真功。

智诲小偷

精彩导读

东汉时期，一个叫陈寔的人，他家里进了一个贼，陈寔发现小偷之后没有大喊大叫抓小偷，而是把晚辈都聚集在一起，然后讲了一番大道理，小偷就被感化了。日后，这个地方就没有小偷了。陈寔用智慧赶走了小偷，也让小偷回头是岸。

东汉时期，有个叫作陈寔（shí）的人，是位饱学之士，品行端正、道德高洁，远乡近邻的人因此都非常敬重他。陈寔不仅自己自觉自律，对儿孙们的要求也相当严格，常常抓住各种场合和机会教育他们，而且很注意方法，所以总能收到比较好的效果。

有一年洪水泛滥，淹没了大片村庄和良田，成千上万的人无家可归，到处逃荒。为此盗贼四处横行，天下很不太平。

一天夜里，有个小偷溜进了陈寔家里。他刚准备动手偷东西，忽然听得几声咳嗽，不好，有人来了。慌乱间，小偷一时找不到妥善的藏身之处，急中生智，顺着屋内的柱子爬到大梁上伏下身子，大气也不敢喘。

动 作描写

运用了动作描写，写出了小偷内心的慌乱。

陈寔提着灯从里屋出来拿点东西，偶然间一抬头，瞥见了梁上的一片衣襟，他马上心知家里进了贼了。他一点都不惊慌，也不赶紧抓小偷，而是从容不迫地把晚辈们全都叫起来，将他们召集到外屋，然后十分严肃地说道：

词 苑撷英

从容不迫：不慌不忙，从容淡定。

"孩子们啊，品德高尚是我们为人的根本，在任何情况下，我们都应该对自己高标准、严要求，不能够因为任何借口而放纵自己，走上邪路。有些坏人，并不是一出娘胎就是天生的坏人，而是因为不能严格要求自己，慢慢地养成了不好的习惯，后来想改都改不过来了，这才沦为坏人。比如我家梁上的那位君子，就是这种情况。我们可不能因为一时的贫困而丢掉志气、自甘堕落啊！"

听了陈寔的一番教诲，梁上的小偷吃了一惊：原来自己早就被发现了。同时，他又很为陈寔的话所感动：他不但没抓自己反而耐心教育自己。小偷羞愧难当，就翻身爬下梁来，向陈寔磕头请罪说："您说得太好了，我错了，以后再也不干这种勾当，求您宽恕我吧。"陈寔和蔼地回答道："看你的样子，也并不像个坏人，也是被贫穷逼的吧。以后要好好反省一下，要改还来得及。"说完，他又吩咐家人取来几匹白绢送给小偷。小偷感激涕零，千恩万谢地走了。

从这以后，这一带就几乎再没有偷盗之类的事情发生了。

陈寔不失时机地给小偷和晚辈们上了一堂生动的德育课，也启发了我们，做工作时方法不要太简单粗暴，要分析事物的本质，对犯了错误的人立足于挽救，往往能够收到比较好的效果。

精彩点拨

　　在这篇寓言中，陈寔用智慧来教诲小偷，使其改过自新。不能因为他是小偷，就认为他一定是个坏人、无救之人。做工作时方法不要太简单粗暴，要分析事物的本质，对犯了错误的人立足于挽救，往往能够收到比较好的效果。

阅读积累

陈寔

　　陈寔（104—187），字仲弓，颍川许县（今河南许昌长葛市古桥镇陈故村）人。东汉时期官员、名士。陈寔出身寒微，起家任都亭佐，转为督邮，迁西门亭长，四为郡功曹，五辟豫州，六辟三公，再辟大将军府。司空黄琼辟选人才，补闻喜云令，治理闻喜半岁；复除太丘长，后世称为"陈太丘"。其子陈纪、陈谌并著高名，时号"三君"。他以清高有德行，闻名于世，与钟皓、荀淑、韩韶合称为"颍川四长"。

　　中平四年（187），陈寔在家中逝世，享年八十四岁。谥号文范先生，葬于郎城。

好词好句

好词归纳

急中生智	藏身之处	从容不迫	放纵
自甘堕落	感激涕零	本质	

好句欣赏

· 陈寔不失时机地给小偷和晚辈们上了一堂生动的德育课，也启发了我们，做工作时方法不要太简单粗暴，要分析事物的本质，对犯了错误的人立足于挽救，往往能够收到比较好的效果。

天赐养老钱

精彩导读

一个农人走在街上捡到了15张钱，他拿回去给母亲，母亲让他归还给失主。不想失主不仅没有感激农人，还敲诈农人，说丢了30张钱。最后事情闹到了县衙，县衙大人判定这钱不是失主的，而是老天爷赐给农人和母亲的养老钱。

一天早晨，一个农人挑了一担菜进城去卖，在街上，农人拾到一叠钱，他点了一下，共有15张。

回家后，农人把15张钱交给他母亲，他母亲说："孩子，人家丢了钱。一定很着急，我们怎么能要人家的钱呢？赶快送还失主，说不定人家正找得着急呢！"这个农人按照母亲的吩咐，赶回拾钱的地方，等待失主来领。

在前面不远处，农人发现有一个人好像低着头在地上寻找什么东西，便连忙上前问他："老弟，你丢了钱吧？这，我拾到了，现在还给你吧。"不等那人回答，农人便将15张钱全都给了那人。这时，有一些人围了上来，见此情景，有人提出，失主应给农人一些赏钱。不料，这个人却十分吝啬地说："我丢失的原本是30张钱，现在才只找回来一半，我怎么能再分一些赏给他呢？"

农人觉得那人太不讲理，自己如数将钱归还给他，他不但不谢，反而有诬蔑自己贪了一半的意思。农人实在气愤不过，便跟那人争吵起来，两人互相扭着来到县衙门的堂上，他们各自向县令叙说事情的缘由。

县令听后，心里已有几分底了，他对那领钱人的行为颇为生气。县令派人将农人的母亲叫来，当面对质核实，证明农人说的情况属实。接着，县令让农人和那个领钱人各自具状。于是他们分别写道："拾钱人的确是拾到15张钱钞"，"丢钱人确

实是丢失了30张钱钞"。县令将两张状纸捏在手上，对失主说："你丢的是30张钱钞，而他拾到的是15张钱钞，可见这钱不是你的钱，而是上天赐给这位贤良母亲的养老钱。假若他拾到的是30张，那就是你的了，你可以到别的地方去找你的钱吧！"

那人知道自己撒谎，自觉理亏，便也不敢再作狡辩，灰溜溜地离开了县衙。于是，县令把15张钱钞交给农人的母亲，说："你是位贤德的母亲，这钱就归你了！"

人们听说了，都拍手叫好。

那位贤良的母亲教儿子将拾来的钱交还失主，反遭讹诈；贤明的县令又机智地将钱判送贤母；而那靠讹诈欺骗的人却不得好下场。所以，为人都应有一颗善良的心才好。

彩点拨

从这个故事我们要知道知恩图报，不能贪得无厌，否则事情会越来越糟，还会丢失掉原本拥有的东西。做人也要实事求是，拾金不昧，不要不属于自己的东西。做人不能太机关算尽，否则最后吃亏的是自己。

阅读积累

县 令

县令，官名。战国时三晋（魏、赵、韩）和秦已称县的行政长官为令。秦商鞅变法，并诸小乡为县，置令及职责。县令本直隶于国君，战国末年，郡县两级制形成，县属于郡，县令成为郡守的下属。秦、汉法令规定，人口万户以上的县，县官称县令，秩六百石至千石；万户以下的称长，秩三百石至五百石。汉以后放宽尺寸宽，《晋令》云："县千户已上，州郡治五百已上，皆为令；不满此为长。"（见《北堂书钞》七十八）所辖户数不及汉制十分之一。南朝县，户数一般很少，而《宋书·州郡志》所载，大多为令。后遂一律称令。《隋书·百官志》只说陈五千户以上县令与五千户以下县令，不提县长。北齐县分九等，县官一律称令。隋、唐因之，只以县的等第，分定县官品秩，唐县令，京县、畿县正五品上有与正六品上，余自从六品上至从七品下，宋县令只存虚名，以京朝官任其职，称知某县事，因而有知县的名称。元为县尹。明、清以知县为正式官名。

词好句

好词归纳

吩咐　　吝啬　　诬蔑　　缘由

核实　　狡辩　　讹诈

好句欣赏

· 那位贤良的母亲教儿子将拾来的钱交还失主，反遭讹诈；贤明的县令又机智地将钱判送贤母；而那靠讹诈欺骗的人却不得好下场。所以，为人都应有一颗善良的心才好。

不识自己的字

精彩导读

张商英特别喜欢书法，尤其喜欢草书，写得还不怎么好看，也听不进去别人的意见。有一天他写完了两句诗，让他的侄子抄写下来，可是他的侄子不认识他写的字，张商英也不认识自己的字。

词 苑撷英

我行我素：意思是指不受外界影响，按自己向来的行事方式去做。

比 喻手法

运用比喻手法，写出字的乱。

宋朝有个丞相叫张商英，他有个爱好就是书法，他特别喜欢写草书，闲来无事，他便提笔龙飞凤舞一阵，甚是得意。其实，这张丞相的书法很不到家，他字写得不合体统，还孤芳自赏。当时，很多人都讥笑他，而他却不以为然，依然是我行我素，按他的老习惯写字。

一天饭后，张丞相小憩片刻，突然来了诗兴，偶得佳句，便当即叫小童磨墨铺纸，张丞相提起笔来，一阵疾书，满纸是一片龙飞蛇走，让人着实难以辨认。张丞相写完后，摇头晃脑得意了好一阵，似乎还意犹未尽。于是叫来他的侄子，让侄子把这些诗句抄录下来。

丞相的侄子拿过纸笔，准备用小楷将诗句录下，可是他好半天才能辨认出一个字，时时碰到那些笔画曲折怪异之处，侄子只好连猜带蒙。可是有些地方，他实在是怎么也看不懂，不知从哪里断开才对。他没办法，只好停下笔来，捧着草稿去问张丞相。

张丞相拿着自己的大作，仔细看了很久，也辨认不清，自己写的字自己都不认识了。他心里颇有些下不了台，便责骂侄子说："你为什么不早些来问呢？我也忘记是写的什么了！"

有些人总爱自以为是，既不虚心，又爱坚持自己的错误，还强词夺理为自己辩护，结果是越显出自己的愚蠢可笑。

精彩点拨

这篇寓言告诉我们做人不能自以为是，要谦虚，适当听取别人的建议，否则早晚别人会知道你的愚蠢，会被人嘲笑。要有一颗谦虚而上进的心，虚心使人进步，骄傲使人落后。只有谦虚地不断练习，才能熟能生巧，不断进步。

阅读积累

丞 相

丞相，中国古代官名。三国以后是辅佐皇帝总理百政的官员，即百官之长。秦国的第一个相国是樛游，后来秦武王增设左右丞相作为相邦的副手，此后相国与左右丞相同时并存。秦二世时期，秦朝又增加设置中丞相一职，此时左、中、右这三位丞相同时存在。汉承秦制，依然设置相国、丞相，同时丞相依然是相国的副手，至汉哀帝元寿二年（前1）改丞相为大司徒，这段时间有300多年，是历史上丞相这一官职设置最久的时期。

好词好句

好词归纳

龙飞凤舞	讥笑	不合体统	孤芳自赏
小憩	辨认	摇头晃脑	意犹未尽
自以为是	虚心	强词夺理	愚蠢可笑

好句欣赏

· 有些人总爱自以为是，既不虚心，又爱坚持自己的错误，还强词夺理为自己辩护，结果是越显出自己的愚蠢可笑。

假博学出洋相

精彩导读

从前有一个魏人，他明明没有学识，却装成一个古董专家，把抵挡生殖器的东西当作盛酒的器皿。另一个人也一样明明不懂古董，把尿壶当作酒杯。这篇寓言讽刺了不懂装懂的人。做人一定要谦虚，即使有真才实学也不要高调炫耀。

词 苑撷英

博学多识：知道得很多，学识很广，非常有才干。一般指德高望重的人。

比 喻手法

运用比喻手法，描写出铜器的形状。

从前魏地有个人，素以博学多识而著称。很多奇物古玩，据说只要他看一眼就能知道是什么朝代的什么器具，并且解说得头头是道，大家都很佩服他，他自己也常常引以为豪。

一天，他去河边散步，不小心踢到一件硬东西，把脚都碰痛了。他恨恨地一边揉脚一边四下张望，原来是一件铜器。他顿时忘了脚疼，拾起来细细察看。这件铜器的形状像一个酒杯，两边还各有一个孔，上面刻的花纹光彩夺目，俨然是一件珍稀的古董。

魏人得了这样的宝贝非常高兴，决定大宴宾客庆贺一番。他摆下酒席，请来了众多亲朋好友，对大家说："我最近得到一个夏商时期的器物，现在拿出来让大伙儿赏玩赏玩。"于是他小心地将那铜器取出，斟满了酒，敬献给各位宾客。大家看了又看，摸了又摸，都装出懂行的样子交口称赞不已，恭喜主人得了一件宝物。可是宾主欢饮还不到一轮，意想不到的事情发生了。有个从仇山来的人一见到魏人用来盛酒的铜器，就惊愕地问："你从什么地方得到的这东西？这是一个铜护裆，是角抵的人用来保护生殖器的。"这样一来，举座哗然，魏人羞愧万分，立刻把铜器扔了，不敢再看一眼。

无独有偶。楚邱地方有个文人，其博学多识的名声并不亚于魏人。一天，他得了一个形状像马的古物，造得十分精致，颈毛与尾巴俱全，只是背部有个洞。楚邱文人怎么也想不出它究竟是干什么用的，就到处打听，可是问遍了街坊远近许多人，都没一个人认识这是什么东西。只有一个号称见多识广、学识渊博的人听到消息后找上门来，研究了一番这古物，然后慢条斯理地说："古代有牺牛形状的酒杯，也有大象形状的酒杯，这个东西大概是马形酒杯吧？"楚邱文人一听大喜，把它装进匣子收藏起来，每当设宴款待贵客时，就拿出来盛酒。

有一次，仇山人偶然经过这个楚邱文人家，看到他用这个东西盛酒，便惊愕地说："你从什么地方得到的这个东西？这是尿壶呀，也就是那些贵妇人所说的"兽子"，怎么可以用来做酒杯呢？"楚邱文人听了这话，脸噌地一下红到了耳朵根，羞惭得恨不得立刻在地上挖个洞钻进去，赶紧把那古物扔得远远的，像魏人一样不敢再看。世上的人为此全都嘲笑他。

明明不学无术，却偏要装作博学多识的人，最终只能自欺欺人，出尽洋相。

精彩点拨

这篇寓言告诉我们自己不学无术就不要不懂装懂，这样不仅是自欺欺人，也会遭到别人的嘲笑。如果希望得到别人的尊敬和敬佩，那么就要不断地学习，进步，学习更多知识，多读书，这样才能让别人高看你一眼。

阅读积累

斟酒

斟酒与上菜不同，上菜在左，但斟酒在右，酒只需斟至酒杯容量的2/3即可。大多数宴会上只用一种酒。中式宴会从开始上冷盘即开始饮酒。西餐波尔图酒随奶酪或甜食一起上桌，酒瓶置于男主人面前，酒杯或可与酒同时上桌，或可在布置餐时预先摆好。男主人坐在自己的椅子上，先为右侧客人斟酒，然后自己斟一杯，再把酒瓶按顺时针方向递给左侧客人各自斟酒。

 词好句

好词归纳

博学多识	著称	头头是道	佩服
俨然	称赞不已	羞愧万分	无独有偶
见多识广	慢条斯理	惊愕	自欺欺人

好句欣赏

·明明不学无术，却偏要装作博学多识的人，最终只能自欺欺人，出尽洋相。

秀才的"大志"

精彩导读

文章讲述两个填不饱肚子的秀才还十分鄙视耕作的农民，他们不努力，只知道做白日梦。其实他们远远不如农民。农民虽然辛苦，但是他们通过自己的努力谋生，农民不只自己填饱肚子，还让很多人有粮食吃，是非常值得尊敬的。

两个穷酸秀才，四体不勤，五谷不分，不事稼穑（sè），不学无术。一天到晚装模作样，摇头晃脑，自作清高。衣服又旧又破，常常连肚子都填不饱，可他们依旧鄙视劳动。

一个炎炎的夏日，这两个秀才聚到一起了。他们走到村边，坐在一个大树墩上，一人拿着一把破旧的大蒲扇，不停地摇着扇，驱赶着蚊虫。他们看着农人正在地头辛苦地干活，颗颗汗珠滴在土地上，两秀才大发感叹。

一个秀才说："他们真苦啊！这么勤巴苦做的，落得个什么呢？我这一辈子虽说也穷酸，可是我只要吃饱了饭、睡足了觉也就行了。我最讨厌的就是像他们这样下地去干活，面朝黄土背朝天的，他们太胸无大志了。将来有朝一日我得志了，我就一定先把肚子填得饱饱的，吃饱了再睡；睡足以后再起来吃，那该是多有福气呀！有了这样的福气，就算是实现了我的大志了。老兄，你说不是这样吗？"

另一个秀才不同意前一个秀才说的话。这个秀才说："哎呀老兄，我和你可不一样啊。我的原则是吃饱了还要再吃，哪来的工夫去睡大觉呢？我要不停地吃，这才是享受人世间最大的乐趣。依我看，这才是我的大志！"

词 苑撷英

不事稼穑：指不从事农业劳动。

外 貌描写

运用了外貌描写，体现了两个秀才的狼狈和穷苦。

149

　　两个人喋喋不休地谈着他们的"大志"，原来只不过是不劳而获、坐享其成，所以到头来也只不过是画饼充饥。

　　两秀才的"大志"，实在是可悲又可鄙，这种寄生虫的狭隘自私，只能遗人笑柄。

精彩点拨

　　这篇寓言告诉我们真正的胸怀大志是付出行动，有所努力，而不是不劳而获，坐享其成，不付出劳动，志向永远都不会变成现实，日子只会越来越贫苦。只要是依靠自己的努力去得到东西的人，都是值得尊敬的，反观那些依靠别人还鄙视劳动的，才是最可耻的。

阅读积累

五　谷

　　平常俗称的"五谷"所指的五种谷物。"五谷"，古代有多种不同说法。最主要的有两种：一种指稻、黍、稷、麦、菽；另一种指麻、黍、稷、麦、菽。两者的区别是：前者有稻无麻，后者有麻无稻。古代经济文化中心在黄河流域，稻的主要产地在南方，而北方种稻有限，所以"五谷"中最初无稻。

好词好句

好词归纳

四体不勤	五谷不分	装模作样	摇头晃脑
清高	鄙视	驱赶	胸无大志
喋喋不休	不劳而获	坐享其成	画饼充饥
狭隘	自私		

好句欣赏

· 两个穷酸秀才，四体不勤，五谷不分，不事稼穑（sè），不学无术，一天到晚装模作样，摇头晃脑，自作清高。衣服又旧又破，常常连肚子都填不饱，可他们依旧鄙视劳动。

射箭和倒油

精彩导读

一个十分擅长射箭的人在表演才艺，可是路过的倒油的却对此嗤之以鼻。最开始射箭的人十分不服气，认为倒油是一件十分简单的事，后来经过倒油的人一番解释，射箭的人才开始谦虚起来。任何一个行业都是不容易的，没有高低贵贱之分。

宋朝有个叫陈康肃的人，十分擅长射箭。他能够在百步开外射中杨树的叶子，这样的射技举世无双，再没有第二个人能够比得上，陈康肃对自己的本领很是自负。

有一次，陈康肃在自家后花园的场地上练习射箭，引来很多人围观。有一个卖油的老头儿挑着担子经过，也停下来，放下担子，斜着眼睛看陈康肃射箭，很久都没有离开。

陈康肃的箭术果然名不虚传，射出的箭十次有八九次都射中靶心。旁边围观的人们大声喝彩，手心都拍红了，只有那个卖油的老头儿，仍用斜眼瞅着，只稍微点了下头。

陈康肃见老头儿似乎有点看不上他射箭的技艺，又生气又不服气，就放下弓箭走过去问老头儿说："你也懂得射箭吗？难道你认为我射箭的技术还不够精吗？"

老头儿平静地回答说："我觉得这也没啥了不起的，只不过你练得多了，手熟而已。"

陈康肃终于发怒了，质问道："你怎么敢如此贬低我的绝技！"

老头儿也不急，不慌不忙地说："我是从我多年来倒油的技

词 苑撷英

名不虚传：意思是传出的名声与实际相符合，不是虚假的；确实很好，不是空有虚名，真实。

侧 面描写

运用了侧面描写，写出了陈康的箭术高超。

151

巧中懂得这个道理的。我就演示给你看一看吧。"

说完以后,老头儿把一个葫芦放在地上,又取出一枚圆形方孔的铜钱盖在葫芦嘴上,然后他用一把油瓢从油桶里舀了一满瓢的油,再将瓢里的油向盖着铜钱的葫芦嘴里倒。只见那油成细细的一线流向葫芦嘴,均匀不断。等油倒完了,把铜钱拿下来细细验看,竟然连一点儿油星子都没有沾上。在人们一片啧啧称奇声中,卖油翁笑了笑,说道:"我这点雕虫小技也没有什么了不起的,不过是手熟而已。"

陈康肃看完了表演以后笑了起来,客客气气地把卖油翁送走了。

这篇寓言告诉我们,再难的事,只要我们反复地不间断地练习、实践,日久天长,必定会熟能生巧。

这篇寓言告诉我们永远不要骄傲自满,任何事情都是人外有人,天外有天。只要别人像你一样努力,或者比你更努力,就会很容易超过你。你如果想做一件事,不管再难,只要坚持,就一定可以做得非常好。

葫芦

葫芦,属葫芦科、葫芦属植物,它是爬藤植物,一年生攀援草本,有软毛,夏秋开白色花,雌雄同株,葫芦的藤可达15米长,果实可以从10厘米至1米不等,最重的可达1千克。葫芦喜欢温暖、避风的环境,种植时需要很多地方。幼苗怕冻。新鲜的葫芦皮嫩绿,果肉白色,果实也被称为葫芦,可以在未成熟的时候收割作为蔬菜食用。葫芦各栽培类型藤蔓的长短,叶片、花朵的大小,果实的大小、形状各不相同。果有棒状、瓢状、海豚状、壶状等,类型的名称亦视果形而定。另外,古时候人们把葫芦晒干,掏空其内,做盛放东西的物件。

好词好句

好词归纳

擅长　　　举世无双　　　自负　　　　名不虚传

喝彩　　　贬低　　　　熟能生巧

好句欣赏

· 这篇寓言告诉我们，再难的事，只要我们反复地不间断地练习、实践，日久天长，必定会熟能生巧。

毛遂自荐

精彩导读

战国时，秦军在长平一线，大胜赵军。后赵先割地议和，秦退兵后，赵又反悔不将城池交付秦，秦王大怒，使王陵领兵攻打赵国，包围了赵国都城邯郸。大敌当前，赵国形势万分危急。毛遂请缨前往楚国，为赵国解决了问题。因为这件事，他得到了赏识。

毛遂在平原君门下已经3年了，一直默默无闻，总得不到施展才能的机会。

一次，碰上秦国大举进攻赵国，秦军将赵国都城邯郸团团围住，情况十分危急。赵王只好派平原君赶紧出使楚国，向楚国求救。

平原君到楚国去之前，召集他所有的门客商议，决定从这千余名门客中挑选出20名能文善武足智多谋的人随同前往。他们挑来挑去最终只有19人合乎条件，还差一人却怎么挑也总觉得不满意。

这时，只见毛遂主动站了出来说："我愿随平原君前往楚国，哪怕是凑个数！"

平原君一看，是平常不曾注意的毛遂，便不大以为然，只是婉转地说："你到我门下已经3年了，却从未听到有人在我面前称赞过你，可见你并无什么过人之处。一个有才能的人在世上，就好像锥子装在口袋里，锥尖子很快就会穿破口袋钻出来，人们很快就能发现他。而你一直未能出头露面显示你的本事，我怎么能够带上没有本事的人同我去楚国行使如此重大的使命呢？"

毛遂并不生气，他心平气和地据理力争说："您说的并不全对。我之所以没有像锥子从口袋里钻出锥尖，是因为我从来就没有像锥子一样放进您的口袋里呀。如果早就将我这把锥子放进口袋，我敢说，我不仅是锥尖子钻出口袋的问题，我会连整个锥子都像麦穗子一样全部露出来。"

平原君觉得毛遂说得很有道理且气度不凡，便答应毛遂作为自己的随从，连夜赶往楚国。

一到楚国，已是早晨。平原君立即拜见楚王，跟他商讨出兵救赵的事情。可是这次商谈很不顺利，从早上一直谈到了中午，还没有一丝进展。面对这种情况，随同前往的20个人中便有19个只知道干着急，在台下直跺脚、摇头、埋怨。唯有毛遂，眼看时间不等人，机会不可错过，只见他一手提剑，大步跨到台上，面对盛气凌人的楚王，毛遂毫不胆怯。他两眼逼视着楚王，慷慨陈词，申明大义，他从赵楚两国的关系谈到这次救援赵国的意义，对楚王晓之以理，动之以情。他的凛然正气使楚王惊叹佩服；他对两国利害关系的分析深深打动了楚王的心。通过毛遂的劝说，楚王终于被说服了，当天下午便与平原君缔结盟约。很快，楚王派军队支援赵国，赵国于是解围。

事后，平原君深感愧疚地说："毛遂原来真是了不起的人啊！他的三寸不烂之舌，真抵得过百万大军呀！可是以前我竟没发现他。若不是毛先生挺身而出，我可要埋没一个人才呢！"

毛遂自荐的故事告诉我们，不要总是等着别人去推荐，只要有才干，不妨自己主动站出来，做出自己应有的贡献。

 张手法

运用夸张手法，写出毛遂的能言善语。

 苑撷英

挺身而出：意思是形容面对着艰难或危险的事情，勇敢地站出来。

精彩点拨

这篇寓言告诉我们，我们如果有才能、有能力，就要主动去举荐自己，不要等着别人去发现自己的才能。这样能够节省自己被挖掘才能的时间。世界上，不是谁都能去发现有才能的人，在很难被推荐的时候，就要勇于自荐，用自己的学识和才能去做贡献。

读积累

平原君

赵胜（？—前251），即平原君，赵武灵王之子，惠文王之弟，因贤能而闻名，赵国贵族。

他礼贤下士，门下食客至数千人，和朋友关系处理得很好。平原君初为赵惠文王之相，又为赵孝成王之相。公元前259年，秦军进围赵都邯郸，赵田派平原君向魏和楚求援。援军到来之前，邯郸城内兵困粮尽，平原君尽散家财解邯郸之围。

 词好句

好词归纳

默默无闻	施展才能	能文善武	足智多谋
心平气和	据理力争	气度不凡	埋怨
盛气凌人	毫不胆怯	晓之以理	动之以情
凛然正气	挺身而出	埋没	

好句欣赏

·毛遂自荐的故事告诉我们，不要总是等着别人去推荐，只要有才干，不妨自己主动站出来，做出自己应有的贡献。

打草惊蛇

精彩导读

从前有一个叫王鲁的贪官，他压榨百姓，让黎民苦不堪言。恰逢朝廷派来官员，百姓就想着状告王鲁，却不想诉状让王鲁看到了。王鲁坏事做尽，十分心虚、害怕。如果他没有做坏事，那么他就不会担惊受怕。

南唐时候，当涂县的县令叫王鲁。这个县令贪得无厌，财迷心窍，见钱眼开，只要是有钱、有利可图，他就可以不顾是非曲直，颠倒黑白。在他做当涂县县令的任上，干了许多贪赃枉法的坏事。

常言说，上梁不正下梁歪。这王鲁属下的那些大小官吏，见上司贪赃枉法，便也一个个明目张胆干坏事，他们变着法子敲诈勒索、贪污受贿，巧立名目搜刮民财，这样的大小贪官竟占了当涂县官吏的十之八九。因此，当涂县的老百姓真是苦不堪言，一个个从心里恨透了这批狗官，总希望能有个机会好好惩治他们，出出心中怨气。

一次，适逢朝廷派员下来巡察地方官员情况，当涂县老百姓一看，机会来了。于是大家联名写了状子，控告县衙里的主簿等人营私舞弊、贪污受贿的种种不法行为。

状子首先递送到了县令王鲁手上。王鲁把状子从头到尾只是粗略看了一遍，这一看不打紧，却把这个王鲁县令吓得心惊肉跳，浑身上下直打哆嗦，直冒冷汗。原来，老百姓在状子中所列举的种种犯罪事实，全都和王鲁自己曾经干过的坏事相类似，而且其中还有许多坏事都和自己有牵连。状子虽是告主簿几个人

词 苑撷英

贪得无厌：指贪婪到无法满足的地步，现指贪图名利或金钱之心永远没有满足的时候。

侧 面描写

运用了侧面描写，写出了县令的贪婪。

157

的，但王鲁觉得就跟告自己一样。他越想越感到事态严重，越想越觉得害怕，如果老百姓再继续控告下去，马上就会控告到自己头上了，这样一来，朝廷知道了实情，查清了自己在当涂县的胡作非为，自己岂不是要大祸临头！

王鲁想着想着，惊恐的心怎么也安静不下来，他不由自主地用颤抖的手拿笔在案卷上写下了他此刻内心的真实感受："汝虽打草，吾已惊蛇。"写罢，他手一松，瘫坐在椅子上，笔也掉到地上去了。

那些干了坏事的人常常是做贼心虚，当真正的惩罚还未到来之前，只要有一点什么声响，他们就会闻风丧胆。

精彩点拨

这篇寓言告诉我们不要做坏事，做了坏事良心就会不安，早晚有一天会遭到报应，在报应来临之前，稍有风吹草动都会十分心虚、害怕。多行不义必自毙，只要做了坏事，总有一天要为自己的行为付出代价，承担责任。

阅读积累

南 唐

南唐（937—975）是五代十国时期李昪在江南建立的政权，定都江宁（今南京），传三世一帝二主，享国三十九年，是十国当中版图较大的国家。

935年南吴睿帝加封徐知诰为齐王，并将升州、润州等十州之地划归齐国；937年徐知诰建立齐国；同年十月，徐知诰受禅称帝，国号"齐"，改元升元；939年徐知诰恢复李姓，改名为昪，自称是唐宪宗之子建王李恪的四世孙，又改国号为"唐"，史称"南唐"。958年李璟去皇帝尊号，称江南国主，并向后周称臣；975年宋军攻占金陵，后主李煜出降，南唐灭亡。

 词好句

好词归纳

贪得无厌　　财迷心窍　　有利可图　　贪赃枉法

上梁不正下梁歪　明目张胆　　敲诈勒索　　苦不堪言

惩治　　　　营私舞弊　　心惊肉跳　　牵连

胡作非为　　大祸临头　　做贼心虚　　闻风丧胆

好句欣赏

· 那些干了坏事的人常常是做贼心虚，当真正的惩罚还未到来之前，只要有一点什么声响，他们就会闻风丧胆。

一枕美梦

精彩导读

这篇寓言讲述一个叫杨林的人做生意十分不顺畅。一天他来到了一座庙，庙里有一个神奇的枕头，躺在上面可以实现梦想的一切。杨林梦见自己做了官家的女婿，生活美满。杨林流连忘返，不愿意醒来，可是他还是醒了过来，但是现实还是十分艰难，他的生意还是不好。

夸张手法

运用夸张手法，描写出担子的重量大。

词 苑撷英

苦不堪言：痛苦或困苦到了极点，已经不能用言语来表达。

很久很久以前，有一座焦湖庙，庙里有一个玉枕头，枕头上有一个小孔。据说，枕着这个枕头睡觉，可以在梦里经历许多美好的事情。

那个时候，单（shàn）父县有个名叫杨林的人，以经商为生，生意不怎么好，他一天到晚都愁眉苦脸的，希望能时来运转，突然在哪天就发大财，当大富翁。

这天，杨林带着货物来贩卖，走得满头大汗，肩上挑的担子好像有千斤重，压得他苦不堪言。杨林正想找个地方休息一下，刚好经过焦湖庙，就打算进去歇歇脚。

杨林跪在菩萨跟前祈祷，口里念念有词："老天爷保佑我时来运转，发家致富，一辈子过幸福快乐的日子！"

庙里的巫人见了杨林的情况，就对他说："我让你体会一下你想要的生活，你愿意吗？"杨林高兴极了，忙不迭地说："真的？好哇好哇，我太愿意了！"

于是巫人就取出那个神奇的玉枕给杨林，说道："你先去睡一会儿吧。"

杨林枕着玉枕躺下，不一会儿就进入了梦乡。他梦见自己来到了一个大户人家，那里亭台楼阁、湖水假山，鸟语花香，屋里更是雍容豪华，一派富贵气象。官高位显的赵太尉热情地将他迎到客厅里，和他谈笑风生。接着，赵太尉又相中了他做女婿，把女儿许配给他。于是，他也做了大官，家财万贯。妻子如花似玉，温柔贤惠，给他生下了6个儿子。这6个儿子个个都很有本事。

杨林有享受不尽的荣华富贵，无忧无虑地生活着，身边又有妻儿相伴，过得快乐极了。一转眼几十年过去了，他还是一点儿都不想回家。

忽然，杨林一觉醒来，发现自己还在庙里，躺在玉枕上。梦中那美好的一切都无影无踪，只有身边没卖完的货物还在原地，心下不禁十分惆怅。

幸福的生活，不是靠虚幻的美梦得来的。任何时候都不要指望坐享其成，自己扎扎实实地辛勤劳动，才能把愿望变成现实。

精 彩点拨

这篇寓言告诉我们想要过什么样的生活，就要付出什么样的努力，光想是没有用的。只有付出努力才有美梦成真的可能；不努力，永远都是空想；更不要去妄想，那只是自欺欺人。努力才能靠近梦想。

阅 读积累

富 翁

富豪或称富翁，是指一些非常富有的人。他们的名字每年都出现于世界级富豪榜，例如福布斯富豪榜。

富豪是指身家在1000万至10亿元的人，相对比较注重理财，在他们的资产组合中，产业投资、股权投资、理财投资各占三分之一。

词好句

好词归纳

愁眉苦脸	时来运转	祈祷	神奇
谈笑风生	如花似玉	家财万贯	荣华富贵
无忧无虑	无影无踪	坐享其成	

好句欣赏

·幸福的生活，不是靠虚幻的美梦得来的。任何时候都不要指望坐享其成，自己扎扎实实地辛勤劳动，才能把愿望变成现实。

杯弓蛇影

精彩导读

　　有一次，应彬邀请朋友来家里做客，朋友的后面有张弩弓，倒映在酒杯里像一条蛇。应彬的朋友喝了酒，以为喝进去一条蛇，心里就开始疑神疑鬼，十分害怕。后来他的朋友解释给他听，他才明白，这才不害怕了。

　　有一个叫应彬的人在汲县作县令。夏至这一天，他的一位老朋友来访，应彬设宴款待。朋友座位背后的墙上悬挂着一张红色弩（nǔ）弓，映在酒杯中，形状就像一条小蛇。朋友端起酒杯，正欲饮酒的那一瞬间，他瞥见了酒杯中的"蛇"，可他已经将那杯酒喝进肚里去了。朋友当时就觉得又惊又怕，十分恶心。回到家里，只觉得胸腹疼痛难忍，以至于饮食不进，身体渐渐消瘦下去。家里人为他请了好多医生，用了好多办法，也不见治好。

　　自从老朋友那次来访后，已好长时间不见面了，应彬觉得奇怪，于是决定到朋友家去回访。只见朋友形容憔悴，病得不轻。应彬便问是什么原因。朋友如实相告："自那次在你家喝酒，因为酒杯里有一条小蛇被我吞进肚里，所以我十分害怕，回家后就一病不起。"

　　应彬觉得这事有些蹊跷，酒杯中哪来的蛇呢？他回到县衙后，还在琢磨这件事。猛一回头，看见挂在墙上的弩弓，心里一下子就明白了。他于是专门备了车马，把老朋友再次请到家中，重摆宴席，仍让朋友坐在原来的位置上。当朋友拿起酒杯一看，忽然惊叫起来，原来杯中又出现了蛇影。这时，应彬也端着酒杯走到朋友的座位旁，将自己的酒杯端给朋友看，里面同样有一条蛇影；后来，他请朋友端着原来那杯酒离开那个位置，再看杯中，那蛇影就分明没有了。朋友心中甚是不解，应彬叫朋友回头看墙上挂着的那把弩弓，对朋友说："墙上的弩弓映在酒杯中，这就是你看到的杯中

词 苑撷英

半信半疑：
有点相信，又有
点怀疑。表示对
真假是非不能
肯定。

神 态描写

运用了神态
描写，写出了朋
友的豁然开朗。

的蛇，其实那只是弩弓的影子，杯中什么也没有。"

朋友半信半疑，又和应彬重新演示了几遍，这才哈哈大笑起来，心中的疑团顿时消失，精神一下子清爽了许多。他回去以后，病也很快地好了。

害疑心病的人，往往陷入庸人自扰的泥淖而难以自拔；有智慧的人则善于抓住问题的症结，对症下药，"心病还须心药医"，要从根本上解决问题。

精彩点拨

　　这篇寓言告诉我们不要自己吓唬自己，想一些有的没的。凡事要从科学的角度去思考，不要疑神疑鬼，否则受害的是自己。任何事情和想法都要以事实为依据。用事实理论去验证，如果没有理论依据，就不要担惊受怕，影响生活。

阅读积累

弩　弓

　　弩弓指一种利用机械力量将箭射出的古代弓。弩弓的射程区别在于弓是人力发射，人能把弓拉开多大，是人力决定的，射程取决于弓的好坏和人力道大小。弩是机械力发射，人只负责瞄准，力量相对固定。一般来说，弩的射程是弓的2倍左右。

好词好句

好词归纳

　　　　款待　　消瘦　　憔悴　　如实相告　　蹊跷　　琢磨

好句欣赏

· 害疑心病的人，往往陷入庸人自扰的泥淖而难以自拔；有智慧的人则善于抓住问题的症结，对症下药，"心病还须心药医"，要从根本上解决问题。

趾高气扬

精彩导读

一次，屈瑕打了胜仗，觉得自己很了不起，走路的时候脚步一昂一翘的，不把别人放在眼里。他感觉自己是世界上最厉害的人，所有人都不如他。后来他又被派去打仗，因为轻敌打了败仗，最后自刎谢罪。

词 苑撷英

不学无术：既没有学问，也没有本领。

动 作描写

运用了动作描写，写出了屈瑕的狂妄自大。

春秋时，楚国有个叫屈瑕的将军，是个专门重视外貌、不学无术的人，只要稍有点成就，就很骄傲自满。有一次，他打败了剽悍的绞国，胜利凯旋，从此骄傲自得，从不把其他的朝臣放在眼中。

第二年，屈瑕又奉命要去打罗国，有一个叫作斗伯比的将军前往送行。当斗伯比回来时，悄悄地对车夫说："屈将军这次一定会打败仗，因为我看他走路的样子，脚步一昂一翘的，便知道他的心并没有真正地用在作战上，而是去吓唬敌人的，这样子怎么能打胜仗呢？"斗伯比说完，沉思了一下，就进宫去见楚王，要楚王立刻派兵去接应。楚王不相信，回到后宫将这件事告诉了宠妃邓曼。邓曼认为斗伯比的见解很对，应该派兵救援。楚王听了，立即派大军前去，希望能够挽回局势。但是，战事已经发生，屈瑕因为轻敌而不设防，被罗国和卢国两面夹攻而一败涂地，只好自杀谢罪。

从此以后，这件事情就被后人流传着，而屈瑕走路的姿态，也被引申成"趾高气扬"这个成语，比喻一个人傲慢自得，不把任何人放在眼中。

故事里的屈瑕因为打了一次胜仗，就不把其他朝臣放在眼里，这也是第二次他会败的原因。一个人要做到胜不骄、败不馁，要懂得尊重他人。只有这样才能成为民心所向的人，也只有这样才会有更多的人去帮助你。如果屈瑕能做到如此，也不至于会一败涂地了。

精彩点拨

这篇寓言告诉我们不管我们取得多大的成就都不要骄傲自满，人外有人，天外有天，你觉得自己很厉害，世界上还有比你更加厉害的。虚心会使人进步，骄傲会使人落后。要不断前行，虚心学习，这样才会更上一层楼，否则最后就会一败涂地。

阅读积累

春秋时期

关于这一时期的起讫，一般有三种说法：一种说法认为是公元前770—公元前476年，另一种说法认为是公元前770—公元前453年三家灭晋，还有一种说法认为是公元前770—公元前403年三家分晋。中国儒家文化的创始人孔子曾经编了一部记载当时鲁国历史的史书名叫《春秋》，而这部史书中记载的时间跨度与构成一个历史阶段的春秋时代大体相当，所以后人就将这一历史阶段称为春秋时期，基本上是东周的前半期。

 好词好句

好词归纳

不学无术　　　一败涂地　　　趾高气扬

好句欣赏

· 故事里的屈瑕因为打了一次胜仗，就不把其他朝臣放在眼里，这也是第二次他会败的原因。一个人要做到胜不骄、败不馁，要懂得尊重他人。只有这样才能成为民心所向的人，也只有这样才会有更多的人去帮助你。如果屈瑕能做到如此，也不至于会一败涂地了。

招摇过市

精彩导读

因为鲁国的当权者和孔子的意见不合，所以孔子就带着弟子来到卫国。可是卫国的统治者和他的夫人十分招摇，还带着孔子一起。孔子低调，认为这样招摇过市不好，所以就又带着弟子离开了卫国。

春秋时期，孔子曾做过鲁国大司寇，因与当权者意见不合而被疏远。于是，孔子领着他的弟子来到卫国，推行自己的政治主张。

当时，卫国的国君卫灵公很热情地接待了孔子。卫灵公的夫人叫南子，很得卫灵公的宠信。她对孔子很好奇，传话给孔子说："天下各方的君子，想要和我们国君交朋友的，都会来见见我，这次我想见你。"孔子本不想去，可如果不去的话，得罪了南子，可能会影响自己治国策略的推广。没办法，孔子只好去拜见她，走个过场，敷衍了事。入宫见南子时，他隔着帷帐向北行了个礼，就匆匆离去了。直性子的学生子路对此事很不高兴，埋怨老师不该去见这样的女人。孔子急得发誓说："我如果有什么不对的话，老天厌弃我吧！老天厌弃我吧！"

过了几天，卫灵公和南子坐了一辆车，并让孔子也坐了辆车跟在后面，招摇过市，引来很多百姓的围观。孔子觉得受到了侮辱，发了一句很著名的牢骚："吾未见好德如好色者也。"——我没有见过喜好德行如同喜好美色的！然后孔子拂袖而去，领着弟子们离开卫国，前往曹国去了。

是金子总会发光，大可不必在公开场合大摇大摆显示声势，

心理描写

运用了心理描写，表达出孔子的深思熟虑。

词苑撷英

招摇过市：意思是指在公开场合大摇大摆显示声势，引人注意。

故意去引人注目。我们要做的是养精蓄锐，默默地积累自己的能量。等到有一天需要用到的时候，再大显身手。要学着谦虚做人，才能拥有更多的朋友。

精 彩点拨

这篇寓言告诉我们，只要你有才华，早晚会有人发现你的才能，不用去显摆自己。做人一定要谦虚，才能一定要在需要的时候显示出来。太过招摇只会令人厌烦，即使有真才实学，也很难得到别人的尊敬。

阅 读积累

大司寇

先秦官职。西周时期的司寇。周天子是最高裁判者。朝廷设大司寇，负责实践法律法令，辅佐周王行使司法权，大司寇下设小司寇，辅佐大司寇审理具体案件。大、小司寇下设专门的司法属吏。此外，基层设有士师、乡士、遂士等负责处理具体司法事宜。

好 词好句

好词归纳

疏远　　　敷衍　　　厌弃　　　牢骚

拂袖而去　　大摇大摆　　引人注目　　养精蓄锐

好句欣赏

·是金子总会发光，大可不必在公开场合大摇大摆显示声势，故意去引人注目。我们要做的是养精蓄锐，默默地积累自己的能量。等到有一天需要用到的时候，再大显身手。要学着谦虚做人，才能拥有更多的朋友。

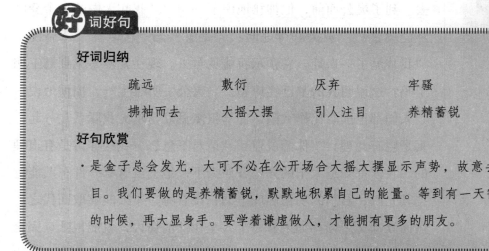

侏儒梦灶

精彩导读

卫灵公在位的时候不太管理朝政，这就给了一个名叫弥子瑕的侏儒可乘之机，他抓住国王的弱点，对国王趋炎附势，一味地讨好国王，让国王放松警惕，对他宠爱有加，越来越信任，慢慢地开始对他言听计从。

词 苑撷英

可乘之机：可以利用的机会。

动 作描写

运用了动作和神态描写，表达出侏儒故作神秘。

卫灵公在位时，不大亲理朝政。这给一些有政治野心的人提供了可乘之机。他们用腐蚀、献媚的手段取悦于灵公，从而换取灵公的宠信。在封建官场的争权夺利中，弥子瑕是一个获胜者。他不仅使卫灵公对他言听计从，而且即使他用自己所把持的朝廷大权为非作歹，灵公也不去过问。对此，很多人深感痛恨。

有一次，一个侏儒求见灵公。进殿后，他兴冲冲朝灵公走去。到了灵公面前，他神秘地说了一句："我昨天做的一个梦已经应验了！"灵公好奇地问："是怎样的一个梦？"侏儒说："我梦见了一口灶。它预示我能见君王。现在我不是见到君王您了吗？这说明我的梦已经应验。"灵公一听很生气，愤愤地说："人们都把国君比作太阳，你却把梦见灶与求见我联系在一起，真是岂有此理！"侏儒说道："请君王息怒。我这样讲是有道理的。大家都知道太阳的光芒普照天下，地上没有哪一件东西能遮挡其光辉；君王的功德荫庇全国，没有哪一个人能够取而代之。然而灶却不一样。如果有一个人坐在灶前烧火，就能把灶口完全遮住，他身后的人哪里还能看到灶膛里的光亮呢？现在君王身边不是经常只有一个人在那里'烧火'吗？既然如此，我见您之前没有梦见太阳而是梦见了灶，难道有什么不对吗？"

这篇故事，抓住了封建君王好大喜功、梦想与日同辉的自私心理，把一个不理朝政的昏君比作灶，其寓意是以此来藐视、刺激他，促使其摆脱个别坏人的控制，振兴朝纲。同时，寓言还告诫人们，我们对于弥子瑕那种通过给君王歌功颂德来博取名利的野心家，决不能掉以轻心。

彩点拨

　　这篇寓言告诉我们，不要好大喜功，轻易在别人面前暴露缺点或者欲望，这样会给别人大做文章的机会。面对有野心的人，说话、做事要小心谨慎，不要让别人抓住小辫子，被人控制。对于别人奉承的好话，不要全部相信。要有一双分辨善恶是非的眼睛，尤其是站在高处、身居要位的人。

阅读积累

卫灵公

　　卫灵公（前540—前493），姬姓，名元，春秋时期卫国第二十八代国君，公元前534—公元前493年在位。因多猜忌且脾气暴躁留下不好的史学评价。但其擅长识人、知人善任，也正是他提拔的三个大臣孔圉、祝鮀、王孙贾的合作，才使卫国的国家机器运行正常。

好词好句

好词归纳

可乘之机	腐蚀	献媚	宠信
言听计从	为非作歹	岂有此理	荫蔽
好大喜功	藐视	刺激	掉以轻心

好句欣赏

· 这篇故事，抓住了封建君王好大喜功、梦想与日同辉的自私心理，把一个不理朝政的昏君比作灶，其寓意是以此来藐视、刺激他，促使其摆脱个别坏人的控制，振兴朝纲。同时，寓言还告诫人们，我们对于弥子瑕那种通过给君王歌功颂德来博取名利的野心家，决不能掉以轻心。

心怀叵测

精彩导读

　　三国时期，曹操要攻打东吴，不过他为许都担忧，怕马腾趁机来攻打许都。于是，曹操就假意封马腾为将军，把马腾引进京城，然后曹操除掉了马腾。而马腾心术不正，心怀叵测。因此曹操并不算杀错人，只是在这个时候除掉了他。

　　东汉末年，曹操准备率兵南征，于是他召集大臣们商议。谋士荀攸说："周瑜刚死，可先打东吴，再打刘备。"曹操说："如果大军南下，凉州的马腾来袭击许都怎么办？"

　　荀攸说："依我的看法，可以封马腾为征南将军，派他去征讨孙权，将他引进京来，然后消灭他。"曹操非常同意荀攸的主张，当即派人去凉州召马腾进京。马腾接到诏书以后，和几个子侄商量去还是不去。

　　儿子马超主张去。侄子马岱不主张去。马岱说："曹操这个家伙，阴险毒辣，心怀叵测，叔父如果去了，恐怕会遭到杀害。"马腾没有听从马岱的话，带着五千凉州兵来到京都，后来果然被曹操所杀。

　　马岱心知曹操是个阴险毒辣、心怀叵测的人，所以并不建议叔父去，结果他的叔父真的被杀害。这个故事启示我们，如果你心怀叵测，那你永远都得不到别人的信任，只会受到猜疑、冷落。要勇于奉献，要以帮助人为乐趣，要热情待人，这样，你才会受欢迎。

语言描写

　　运用了语言描写，几个动词表示出荀攸思路清晰，聪明智慧。

词苑撷英

　　心怀叵测：指存心险恶，不可推测。

精彩点拨

这篇寓言告诉我们做人要单纯善良，无私奉献，不要以为你的不良居心没有人知道。只有无私奉献才能得到别人的信任。否则即使你表面忠心耿耿，也无法得到别人的信任，只会让别人越来越疏远你。

阅读积累

曹　操

曹操（155—220），字孟德，一名吉利，小字阿瞒，沛国谯县（今安徽亳州）人。东汉末年杰出的政治家、军事家、文学家、书法家，三国中曹魏政权的奠基人。

东汉末年，天下大乱，曹操以汉天子的名义征讨四方，对内消灭二袁、吕布、刘表、韩遂等割据势力，对外降服南匈奴、乌桓、鲜卑等，统一了中国北方，并实行一系列政策恢复经济生产和社会秩序，奠定了曹魏立国的基础。曹操在世时，担任东汉丞相，后为魏王，去世后谥号为武王。

好词好句

好词归纳

心怀叵测　　　猜疑　　　热情待人　　　阴险毒辣

好句欣赏

·马岱心知曹操是个阴险毒辣、心怀叵测的人，所以并不建议叔父去，结果他的叔父真的被杀害。这个故事启示我们，如果你心怀叵测，那你永远都得不到别人的信任，只会受到猜疑、冷落。要勇于奉献，要以帮助人为乐趣，要热情待人，这样，你才会受欢迎。

无价之宝

精彩导读

一天龙门子去集市上看到有一颗宝珠售价数十万钱，龙门子对此不解，因为珠宝不能吃，不能治病，不能让人孝顺，珠宝是身外之物。他告诉弟子珠宝是没有意义的，这世界上优秀的品德才是最珍贵的。有良好品德才能让人拥有更多的朋友，挣到钱，身体健康。

有一天，西域来了一个经商的人将珠宝拿到集市上出售。这些珠宝琳琅满目，全都价值不菲。特别是其中有一颗名叫"珊"（shān）的宝珠更是引人注目。它的颜色纯正赤红，就像是朱红色的樱桃一般，直径有一寸，价值高达数十万钱，引来了许多人围观，大家都啧啧称奇，赞叹道："这可真是宝贝啊！"

恰好龙门子这天也来逛集市，见了好多人围着什么议论纷纷，便也带着弟子挤进了人群。龙门子仔仔细细地瞧了瞧宝珠，开口问道："珊可以拿来填饱肚子吗？"商人回答说："不行。"龙门子又问："那它可以治病吗？"商人又回答说："不行。"龙门子接着问："那能够驱除灾祸吗？"商人还是回答："不能。""那能使人孝悌吗？"回答仍是"不能"。龙门子说道："真奇怪，这颗珠子什么用都没有，价钱却要数十万钱，这是为什么呢？"商人告诉他："这是因为它产在很远很远没有人烟的地方，要动用大量的人力、物力，历经不少艰险，吃不少苦头，好不容易才能得到它，它是非常稀罕的宝贝啊！"龙门子听了，只是笑了一笑，什么也没说便离开了。

龙门子的弟子郑渊对老师的问话很不解，不禁向他请教。龙

词 苑撷英

琳琅满目：
形容美好的事物很多。

比 喻手法

运用比喻手法，描写出宝珠的美。

175

门子便教导他说："古人曾经说过，黄金虽然是重宝，但是人生吞了它就会死，就是它的粉末掉进人的眼睛里也会致瞎。我已经很久不去追求这些宝贝了，但是我身上也有贵重的宝贝，它的价值绝不只值数十万钱，而且水不能淹没它，火也烧毁不了它，风吹日晒全都丝毫无法损坏它。用它可以使天下安定；不用它则可以使我自身舒适安然。人们对这样的至宝不知道朝夕去追求，却把寻求珠宝当作唯一要紧的事，这岂不是舍近求远吗？看来人心已死了很久了！"

龙门子所说的"至宝"，就是指人们自身的美德。只有高尚的道德品质、完美的精神生活，才是真正值得人们去追求的无价之宝。

这篇寓言告诉我们不要追求荣华富贵，它只是虚无缥缈的东西，不能让人学识渊博，不能让人得到别人的尊敬，不能治病，是身外之物。而优秀的品德比珠宝更有价值。拥有高尚的品德，精神需求就会得到满足，身心就会很快乐。

东 汉

东汉（25—220），是中国历史上继西汉之后又一个大一统的中原王朝，传八世共十四帝，享国一百九十五年，与西汉统称两汉。

新朝末年爆发绿林赤眉起义，西汉宗室刘秀趁势而起。公元25年，刘秀称帝于鄗城，后定都于雒阳，延续"汉"的国号，史称东汉。东汉时，三公权力被大幅削弱，尚书台权力得到提升。汉明帝、汉章帝在位期间，东汉王朝进入鼎盛时期，史称明章之治。

好词好句

好词归纳

琳琅满目	价值不菲	引人注目	啧啧称奇
议论纷纷	孝悌	风吹日晒	无价之宝

好句欣赏

· "古人曾经说过,黄金虽然是重宝,但是人生吞了它就会死,就是它的粉末掉进人的眼睛里也会致瞎。我已经很久不去追求这些宝贝了,但是我身上也有贵重的宝贝,它的价值绝不只值数十万钱,而且水不能淹没它,火也烧毁不了它,风吹日晒全都丝毫无法损坏它。用它可以使天下安定;不用它则可以使我自身舒适安然。人们对这样的至宝不知道朝夕去追求,却把寻求珠宝当作唯一要紧的事,这岂不是舍近求远吗?看来人心已死了很久了!"

吴裕与公孙穆

精彩导读

公孙穆家境贫寒，热爱学习，为了能够更进一步学习，凑够学费，他就出去打工，正好遇见了富家子弟吴裕。吴裕虽然家境殷实，但是他通情达理，不嫌贫爱富，知道了公孙穆的事情之后，热心地帮助他，还和他成了朋友。

苑撷英

交口称赞：异口同声地称赞。

公孙穆生活在东汉时期，他非常热爱学习，总是想尽办法，抓住一切机会来学习，当时的许多人都因为他好学而对他交口称赞。

公孙穆读了不少书以后，还想进一步扩大知识面，完善自己，但是靠自学又觉得力不从心。那时候设有太学，太学里的老师知识渊博，见识很广。因此，公孙穆就想进太学去继续学习。可是上太学需要交一大笔学费，另外还有平时食宿的花销，数额高得惊人，而公孙穆家里很穷，根本出不起这笔钱。怎么办呢？公孙穆一下子也想不出什么主意来，只好先暂时停止了学习。为此，他苦恼极了。

侧面描写

运用了侧面描写，表达了公孙穆的朴实，诚心想要赚钱。

有个富商名叫吴裕，十分通情达理，对人总是很诚恳。有一次，他要招雇一批舂米的工人，派人把消息放了出去。有人把这事告诉了公孙穆，公孙穆高兴极了。他想：这下可有机会赚些钱继续求学了！那时候，去给人舂米被认为是低贱的工作，但公孙穆已经顾不得这些了，他把自己打扮成那种干重体力活的样子，穿一套短衫短裤，就去应征了。

一天，吴裕打算去舂米的地方转一转，巡视一番。他信步一路走来，东瞧瞧，西看看，最后在公孙穆身边站住了。公孙穆正干得满头大汗，也没有注意吴裕在他旁边，还是一个劲儿地舂他的米。

过了好一会儿，吴裕越看越觉得公孙穆的动作不很熟练，体力也不怎么好，不太像一个舂米工人，就问他道："小伙子，你为什么会到我这儿来工作呢？"公孙穆随口答道："为了赚些钱做学费。"吴裕说："哦，原来你是个读书人啊，怪不得我看你斯斯文文的，不太像工人。别干了，休息一会儿吧，咱们俩聊聊！"

他俩谈得十分投机，相见恨晚。后来，这两个人就结成了莫逆之交。

吴裕并没有因贫富悬殊而看不起公孙穆这个穷书生，反而同他交上了朋友。这种不以物质的眼光看人的精神是很可贵的。我们交朋友，也同样不应以贵贱、贫富为标准，而要更看重一个人的才识和品行。

精 彩点拨

　　这篇寓言告诉我们结交朋友不要在意家世背景，不要把物质看得太重。人和人交往最重要的是人品和才学。同时，我们如果想要做成一件事，就一定要通过自己的努力去实现，不管有多么辛苦，都要承受，受尽苦难才能尝到甜的滋味。

阅 读积累

工 人

　　工人古称"匠人"。今称个人不占有生产资料，依靠生产工作为生的工业劳动或手工劳动者。通常是指为挣工资而被雇用从事体力或技术劳动的人，他们本身不占有生产资料，只能通过自己的劳动才能获得工资性质的收入。工人一般指工厂中生产工序的人，除了工厂的管理者外，都称为工人。如钢铁工人。

 词好句

好词归纳

交口称赞　　力不从心　　知识渊博　　苦恼

通情达理　　满头大汗　　莫逆之交　　投机

好句欣赏

· 吴裕并没有因贫富悬殊而看不起公孙穆这个穷书生，反而同他交上了朋友。这种不以物质的眼光看人的精神是很可贵的。我们交朋友，也同样不应以贵贱、贫富为标准，而要更看重一个人的才识和品行。

自相矛盾

精 彩 导 读

　　楚国有一个人在街上卖着矛和盾，夸赞自己的矛能够穿过所有的盾，自己的盾能够挡住所有的矛，可是当客人让他用自己的矛去戳自己的盾的时候，他却说不出话来，然后离开了。这就是自相矛盾的由来。

　　楚国有个人在集市上既卖盾又卖矛，为了招徕顾客，使自己的商品尽快出手，他不惜夸大其词、言过其实地高声炒卖。

　　他首先举起了手中的盾，向着过往的行人大肆吹嘘："列位看官，请瞧我手上的这块盾牌，这可是用上好的材料一次锻造而成的好盾呀，质地特别坚固，任凭您用什么锋利的矛也不可能戳穿它！"一番话说得人们纷纷围拢来，仔细观看。

　　接着，这个楚人又拿起了靠在墙根的矛，更加肆无忌惮地夸口："诸位豪杰，再请看我手上的这根长矛，它可是经过千锤百炼打制出来的好矛呀，矛头特别锋利，不论您用如何坚固的盾来抵挡，也会被我的矛戳穿！"此番大话一经出口，听的人个个目瞪口呆。

　　过了一会儿，只见人群中站出来一条汉子，指着那个楚人问道："你刚才说，你的盾坚固无比，无论什么矛都不能戳穿；而你的矛又是锋利无双，无论什么盾都不可抵挡。那么请问：如果我用你的矛来戳你的盾，结果又将如何？"楚人听了，无言以对，只好涨红着脸，赶紧收拾好他的矛和盾，灰溜溜地逃离了集市。

　　楚人说话绝对化，前后自相矛盾，不能自圆其说，难免陷入

词 苑撷英

　　夸大其词：意思是把事情说得超过原有的程度。

语 言描写

　　运用了语言描写，表达出叫卖人的骄傲和得意。

尴尬境地。要知道，戳不破的盾与什么东西都能戳得穿的矛是不可能并存于世的。因此，我们无论做事说话，都要注意留有余地，不要做满说绝走极端。

精 彩点拨

　　这篇寓言告诉我们不管什么时候，说什么话都不要说得太绝对，否则很容易陷入困难境地。世界上没有绝对的事情，很多事情都是相对的。话说得越满，矛盾就会越快速地展现出来。所以说话要给自己留三分余地。

阅 读积累

楚 国

　　楚国（？—前223），又称荆、荆楚，是先秦时期位于长江流域的诸侯国，国君为芈姓（金文中为嬭姓）、熊氏（金文中为酓氏）。周成王时期（一说即前1042—前1021），封楚人首领熊绎为子爵，建立楚国。

　　楚庄王时，任用虞邱子、孙叔敖等贤臣，问鼎中原、郊之战大败晋国而称霸，开创春秋时期楚国最鼎盛的时代。进入战国，楚悼王任用吴起变法，一时间兵强马壮，初露称雄之势。楚宣王、楚威王时期，疆土西起大巴山、巫山、武陵山，东至大海，南起南岭，北至今河南中部、安徽和江苏北部、陕西东南部、山东西南部，幅员广阔。楚国至此进入了最鼎盛时期。

词好句

好词归纳

夸大其词　　大肆吹嘘　　锋利　　　戳穿　　肆无忌惮

千锤百炼　　目瞪口呆　　不可抵挡　　尴尬　　留有余地

好句欣赏

·楚人说话绝对化，前后自相矛盾，不能自圆其说，难免陷入尴尬境地。要知道，戳不破的盾与什么东西都能戳得穿的矛是不可能并存于世的。因此，我们无论做事说话，都要注意留有余地，不要做满说绝走极端。

扁鹊施换心术

公扈和齐婴生病之后找到扁鹊医治。扁鹊治好了他们的病之后又提出他们身上各自的缺陷，提出给他们两个换心。两个人同意后，扁鹊给他们两个换了心。对于换心这件事，他们各自的家人不相信，不接受，所以扁鹊出面解释，这才平息了争吵。

鲁国的公扈、赵国的齐婴两人生病之后，一道去请神医扁鹊为其诊治。在扁鹊的精心调理之下，他俩的病没用多少时间就痊愈了。可是，扁鹊却对公扈和齐婴说："你们俩以往所求治的病，都是病邪从体外侵入体内的五脏六腑所致，因此只需用药物和针灸治疗便能解决问题。这几天我发现你们身上还潜伏着一种病，那是从娘胎里带出来，并随同你们身体的发育而一道生长的。这种病很危险，我愿意再给你们治一下，怎么样？"

公扈和齐婴回答道："我们想听听这种病有些什么症状，然后再做决定。"

于是，扁鹊先对公扈说："你有远大的抱负，又善于思考问题，遇事能有很多的办法，但遗憾的是气质较为柔弱，在关键时刻往往优柔寡断，犹豫不决，坐失良机。"接着，他又转向齐婴："那么你呢？则正好与公扈相反。你对未来缺乏长远的打算，思想比较简单，然而气质却很刚强，为人处世少用心计，却喜欢独断专行。"最后，扁鹊对他俩说："现在如果让我将你们

苑撷英

完美无缺： 完善美好，没有缺点。

的心来个互换，你们就都可以变得**完美无缺**了。"

公扈和齐婴听了扁鹊的分析之后，都愿意接受换心手术。于是，扁鹊让他们二人分别喝下一种麻醉药酒，致使昏迷三天不醒。在这期间，扁鹊便将二人的胸腔打开，取出心来，交换安放。手术完毕之后，又在伤口处敷上神药，等他们苏醒转来后，仍如术前一样健康强壮。他们一同辞谢了扁鹊之后，就各自回家了。

可是，由于心已互换，结果公扈就回到了齐婴的家，而齐婴则回到了公扈的家。这两家的老婆孩子都不认识回家的人，于是都发生了争吵。公扈、齐婴无法可想，只好请扁鹊出面解释。扁鹊就把事情的原委告诉了这两家人，才使争吵得以平息。

这篇寓言是借用神医扁鹊的名义，用换心术来打比方，说明每个人都有各自的长处和短处。一个人只要善于取他人之长，补自己之短，就会逐渐趋向完美。

精彩点拨

　　这篇寓言告诉我们每个人都有自己的优点和缺点，长处和短处，我们要正确地认识自己的长处和短处，谦虚地向别人学习，取长补短，这样才能不断进步，成为一个趋于完美的人；更加要正视自己的不完美，改变自己。

阅读积累

扁　鹊

　　扁鹊，战国时期医学家，约生于周威烈王十九年（前407），卒于赧王五年（前310）。扁鹊善于运用四诊：望、闻、问、切。尤其是脉诊和望诊来诊断疾病精于内、外、妇、儿、五官等科，应用砭刺、针灸、按摩、汤液、热熨等法治疗疾病，被尊为医祖。

好词好句

好词归纳

　　　　痊愈　　五脏六腑　　抱负　　优柔寡断　　独断专行

好句欣赏

· 这篇寓言是借用神医扁鹊的名义，用换心术来打比方，说明每个人都有各自的长处和短处。一个人只要善于取他人之长，补自己之短，就会逐渐趋向完美。

十万贯

精彩导读

　　张延赏是唐朝的一个官员，他之前为官清廉，有一次他接到一个人命案子，他坚定要破案。可是有一天，他收到三万贯的贿赂，他感到十分气愤，又继续查案。后来，他又收到十万贯的贿赂，这一次他妥协了。他知道对方背后势力强大，他没有实力和对方战斗。

神态描写

　　运用了神态和动作描写，表达出张延赏的愤怒。

词 苑撷英

　　严惩不贷：严厉惩罚，绝不宽恕。

　　唐朝时候，有个地方官叫张延赏，为官处事还算正直、清廉。这一日，张延赏接到一桩案子，牵涉到人命，案情严重，非同一般。张延赏按照一贯的做法，十分重视此案，他决心追查到底。于是他传下令来，命捕快们严加侦查搜捕，务必尽快将罪犯捉拿归案。

　　不料，第二天早晨张延赏来到衙门，正待坐下处理公务，却发现案上有一纸条，上面写着："送上三万贯，请求不要追查此案。"张延赏一看，脸色顿时一沉，十分气愤。他将纸条扔在地上，厉声喝道："谁敢如此大胆，竟敢拿三万贯钱来买本官清廉，干扰本官办案！"于是他再次下命令，对这一案件加紧缉查，并决心严惩不贷。

　　再过一日，张延赏上衙，又一次发现公案上放一纸条，上面并无过多的内容，单写着一个惊人的数字："十万贯。"这一下，张延赏几乎被唬住了，他左右为难，看样子，对方的确来头不小。张延赏思考再三，最后决定把这桩案子搁置起来，不再继续追查。张延赏那原有的一点廉正，终于被十万贯"买断"了。

　　后来，张延赏的一个手下亲信找了个机会，私下里问张延赏说："大人，为什么将案子放弃不问？"

张延赏回答说："钱到十万贯之多，便是神仙也能买通的，何况人呢！既然什么人都可以买通，那还有什么事办不到的呢？如果我还执迷不悟继续追查，那将会处处碰壁，除了自找苦吃、自寻灾祸，还会有什么结果呢？所以我也只好停止查办，保住身家性命，保住乌纱前程啊！"

可见，在那个钱可通神的社会里，哪里还有公正，哪里还有王法？！

彩点拨

这篇寓言告诉我们，做人要清廉，端正，光明磊落，不要因为恩惠，抵不住诱惑，丢失掉更重要的东西。有些东西走错一步，就再也无法回头。不要向恶势力低头，做人最重要的是有一个干净的灵魂，不要让利益弄脏了灵魂。

读积累

唐 朝

唐朝（618—907），是继隋朝之后的大一统中原王朝，共历二十一帝，享国二百八十九年。

隋末天下群雄并起，617年唐国公李渊于晋阳起兵，次年称帝建立唐朝，定都长安。唐太宗继位后开创贞观之治，为盛唐奠定基础。唐高宗承贞观遗风开创"永徽之治"，并于657年建东都洛阳。690年，武则天改国号为周，705年神龙革命后，恢复唐国号。唐玄宗即位后缔造全盛的开元盛世，天宝末全国人口为八千万人左右。安史之乱后藩镇割据、宦官专权导致国力渐衰；中后期经唐宪宗元和中兴、唐武宗会昌中兴、唐宣宗大中之治国势复振。878年爆发黄巢起义破坏了唐朝统治根基，907年朱温篡唐，唐朝覆亡。

 词好句

好词归纳

正直	清廉	非同一般	处处碰壁
侦查	搜捕	严惩不贷	自找苦吃
搁置	亲信	左右为难	执迷不悟

好句欣赏

· 张延赏回答说："钱到十万贯之多，便是神仙也能买通的，何况人呢！既然什么人都可以买通，那还有什么事办不到的呢？如果我还执迷不悟继续追查，那将会处处碰壁，除了自找苦吃、自寻灾祸，还会有什么结果呢？所以我也只好停止查办，保住身家性命，保住乌纱前程啊！"

· 可见，在那个钱可通神的社会里，哪里还有公正，哪里还有王法？！

会屙金子的石牛

精彩导读

由于蜀国是一个物产丰富的国家，秦国对蜀国虎视眈眈。为了占领蜀国，秦国的国王利用蜀国国王贪婪的弱点打造了石牛，说石牛能生产金子。为了要这头石牛，蜀国挖开悬崖、填平深谷，修了一条平坦大道。利用这条路，秦国攻占了蜀国。

从前，四川的西部有个叫作蜀国的国家，土地肥沃，物产丰富，很是富庶。离它不远的秦国早就对这块富饶的土地垂涎三尺，想要把它划归自己所有。可是通往蜀国的道路非常险峻，有陡峭的悬崖绝壁和万丈深谷隔在路途上，一跌下去就会摔个粉身碎骨，进军的路线无法畅通，任凭秦国虎视眈眈，可一时也无可奈何。

蜀国的国君生性贪婪，总是大肆搜刮民间财富来满足自己对金钱的贪欲，有时甚至不惜一切代价。秦国的国王秦惠王从派去探听消息的人口中得知了蜀王的性情，觉得有机可乘。苦苦思索了很久以后，秦惠王终于想出了一条计策。

秦惠王命令工匠打造雕刻了一头巨大的石牛，在石牛的屁股后面放了好多金银绸缎，放出消息说这头石牛会屙金子。

蜀国的探子把关于这头屙金子的石牛的奇闻告诉了蜀王。蜀王听了羡慕得不得了，暗道：要是我有这么一头石牛，天天给我屙金子，那该有多好啊！正在这时候，秦国的使者来了，他向蜀王说，秦惠王为了表示秦蜀友好的诚意，决定把会屙金子的石牛送给蜀王。

侧 面描写

运用了侧面描写，表达出路途的险峻。

词 苑撷英

虎视眈眈：意思是像老虎那样凶狠地盯着。形容心怀不善，伺机攫取。

蜀王大喜过望，他听使者说石牛的身形巨大，要从秦国运到蜀国来恐怕很不方便，急忙保证说："这个不成问题，贵国国君既然肯把石牛送给我，我哪里有不想办法把它运到我国来的道理呢？就请你们的国君放心好了。"

蜀王也不顾大臣们的极力反对，在国内征调了大量民工，把悬崖挖开了，把深谷也填平了，为了能让石牛顺利到达，把通向蜀国的险径都修成了平坦大道。然后他派了五个大力士到秦国去迎接石牛。

贪心的蜀王哪里料得到，秦惠王早已派遣军队悄悄跟在石牛后面，随着石牛蜂拥而入，一举灭掉了蜀国。

蜀王为贪一点小便宜反而吃了大亏，失掉了整个国家，被天下人耻笑。我们要从中吸取教训，把眼光放得长远些，以免为了眼前的一点小利而利令智昏，损害了整体的利益。

精彩点拨

　　这篇寓言告诉我们做人不要太贪婪，要学会知足。一旦向别人暴露出贪婪的本性，就会容易让人知道自己的弱点，给别人可乘之机，就很容易落入别人的陷阱之中。平时也不要贪小便宜，容易吃大亏。

阅读积累

秦惠文王

　　秦惠文王（前356—前311），一称秦惠王，嬴姓，赵氏，名驷，秦孝公之子，战国时期秦国国君，公元前337—前311年在位。秦惠文王年十九即位，以宗室多怨，诛杀卫鞅。公元前325年改"公"称"王"，并改元为更元元年，成为秦国第一王。秦惠文王当政期间，北扫义渠，西平巴蜀，东出函谷，南下商於，为秦统一中国打下了坚实基础。

词好句

好词归纳

肥沃	垂涎三尺	险峻陡峭	粉身碎骨
生性贪婪	有机可乘	大喜过望	蜂拥而入
耻笑	利令智昏		

好句欣赏

· 蜀王为贪一点小便宜反而吃了大亏，失掉了整个国家，被天下人耻笑。我们要从中吸取教训，把眼光放得长远些，以免为了眼前的一点小利而利令智昏，损害了整体的利益。

薛谭学唱歌

精彩导读

薛谭十分喜欢唱歌，所以他拜很有威望的秦青老师为师。学了一段时间之后，他觉得自己唱得很好，就想要回家。在给他践行的时候，秦青唱了一首送别的歌曲。唱完这首歌之后，薛谭意识到自己还有很多没有学会的东西，就不再提起回家的事情了。

拟人手法

运用了拟人的手法，描写出秦青歌声的美妙。

词 苑撷英

慷慨悲壮：指充满正气，情绪哀伤而激昂。

古时候有个叫薛谭的人喜欢唱歌，他唱的歌很好听。薛谭在学习唱歌的时候是拜当时唱歌唱得非常好的秦青为老师，向秦青学唱歌。秦青也很耐心地教他，告诉他应该怎样练音，怎样唱出节拍，怎样在唱歌时投入情感等。薛谭学了一段时间后，他唱的歌好听多了；但是他还没有把秦青的本领全部学到手便自以为学会了，可以出师了，便向秦青提出要告辞回家。

秦青听到薛谭不打算继续学习而要告辞回家的意思后，也不劝阻他，就在薛谭临行的这天，在郊外的大路旁摆设着酒为他送行。当饮完临别酒后，秦青自己却向着他的学生——薛谭打着节拍，自己唱着送别的歌曲。秦青唱着、唱着，他的歌声慷慨悲壮，在树林中萦绕，树木都仿佛被这抑扬动听、悲壮激昂的歌声震动了；那歌声优美动听、婉转洪亮，在天空回荡，连天上的彩云也仿佛是被什么阻住，也不浮动了，好像伫立在天空静听着。

听到秦青为他送行唱的歌一会儿慷慨悲壮，抑扬动听；一会儿优美洪亮，婉转悠扬。薛谭这才意识到自己还没有学完秦青老师的全部技术，自己唱的歌远不及老师唱得好，内心感到非常惭愧。于是薛谭忙向秦青道歉，请求回到老师身边继续学习深造。从此以后，薛谭一辈子也不敢再提起回家的事了。

这篇寓言故事告诉人们：学无止境。要想真正学有所成，就不能只满足于一知半解，否则便不会有任何成就。

精彩点拨

　　这篇寓言告诉我们：学无止境，任何一门学问都没有学到尽头的时候，永远不要骄傲，认为自己学有所成。往往自满的时候是自己差得最多的时候，而觉得自己不是十分厉害的时候，往往到达了某种高度。

阅读积累

送　行

1. 到远行人启程的地方，和他告别，看他离去。

①唐杜甫《新安吏》诗："送行勿泣血，仆射如父兄。"

②《儒林外史》第四四回："〔汤镇台〕起程之日，阖城官员都来送行。"

③巴金《中岛健藏先生》："昨天日本小说家井上靖先生经过上海回东京，我到机场送行。"

④明施耐庵《水浒》第五回《小霸王醉入销金帐花和尚大闹桃花村》我两个下山去取得财来，就与哥哥送行。

2. 犹饯行。

①《水浒传》第三二回："宋江坚决要行，孔太公安排筵席送行。"

②《官场现形记》第十三回："明天上了岸，大人们一齐要高升了，一杯送行酒是万不可少的。"

好词好句

好词归纳

耐心	投入	慷慨悲壮	萦绕
伫立	惭愧	学有所成	一知半解

好句欣赏

· 这篇寓言故事告诉人们：学无止境。要想真正学有所成，就不能只满足于一知半解，否则便不会有任何成就。

新媳妇

词 苑撷英

　　隆重：1.优厚；2.借指丰盛；3.尊崇，器重；4.贵盛。亦指贵盛之位；5.盛大庄严。

语 言描写

　　运用了语言描写，表达出新娘对婆家的偏爱。

　　卫国有户人家娶媳妇。婆家借来两匹马，加上自己家里的一匹，用三匹马驾着车，吹吹打打、热热闹闹、十分隆重地去迎接新娘子。

　　到了新娘家，迎亲的人将新娘子搀上马车。一行人告别新媳妇的娘家人之后，就赶着马车往回走。

　　不料，坐在车上的新娘指着走在两边拉车的马问赶车的仆人说："边上的两匹马是谁家的？"驾车人回答说："是向别人家借来的。"新娘又指着中间的马问："这中间的马呢？"驾车人回答说："是你婆家自己的。"新娘接着便说："你若嫌车走得慢，要打就打两边的马，不要打中间的马。"驾车人有些奇怪地看了看这位新媳妇。

　　迎亲的马车继续前进，终于到了新郎家。伴娘赶紧上前将新娘扶下了车。新媳妇却对还不熟悉的伴娘吩咐说："你平时在家做饭时，要记住一做完饭就要把灶膛里的火熄掉，不然的话会失火的。"那位伴娘虽然碍着面子点了点头，心里却有点不高兴这个新媳妇的多嘴。

　　新媳妇进得家门，看到一个石臼放在堂前，于是立即吩咐旁

194

边的人说："快把这个石臼移到屋外的窗户下面去，放在这里妨碍别人走路。"婆家的人听了这个新娘子没有分寸又讲得不是时候的话，都不免在心里暗暗发笑，认为新娘子未免太爱讲话又太不会见机讲话了。

其实，这新媳妇所说的三件事，对婆家来说都是有好处的。可是她刚踏进婆家门就俨然以主妇自居、多嘴多舌的做法却引起了旁人的反感。

通过这个故事，我们可以体会到，一个人说话、办事，要有理、有利、有节，讲究策略和方式。如果不顾时机、不分场合，即使是好话、好事，也得不到应有的重视，往往还会被别人笑话。其结果，一个本来很有智慧的人，反而被别人当成了傻瓜，以至于他以后的事情就难办得多。

精 彩点拨

这篇寓言告诉我们说话、做事不要太直接，而是要注意场合，否则很容易好心办坏事。说话是一门艺术，也是一门技术，任何一句话说出来都要三思，要考虑到时间、地点、场合和听者，注意礼仪，注意措辞，要和自己的身份匹配，要考虑到听者的感受。

阅 读积累

卫 国

卫国，周朝的姬姓诸侯国，首都朝歌（今河南鹤壁市），帝丘（今河南濮阳）。第一代国君康叔封。立国前后共计九百零七年，传四十一君，是生存时间最长的周代诸侯国，也是众多姬姓诸侯国中最后灭亡的国家。先后建都于楚丘（今河南滑县）、帝丘（今河南濮阳）、野王（今河南焦作市沁阳）。卫武公时一度强盛，平王东迁时，曾出兵勤王平戎。公元前254年，魏国囚杀卫怀君，继任卫君是魏国的女婿，因此卫国成为魏国的附庸国。公元前241年秦取濮阳等地，之后秦国在此设立东郡。公元前239年，卫元君被迫迁往野王，卫国此时已名存实亡。公元前209年，卫君角被秦二世废为庶人，卫国彻底灭亡。

 词好句

好词归纳

隆重　　告别　　妨碍　　俨然　　策略　　智慧

好句欣赏

· 通过这个故事，我们可以体会到，一个人说话、办事，要有理、有利、有节，讲究策略和方式。如果不顾时机、不分场合，即使是好话、好事，也得不到应有的重视，往往还会被别人笑话。其结果，一个本来很有智慧的人，反而被别人当成了傻瓜，以至于他以后的事情就难办得多。

五十步笑百步

　　梁惠王有一天召见孟子，对孟子说自己对国家有多么尽心尽力，把自己做的事和邻国的国王作对比。可是孟子却不以为然，他告诉国王，他只是做了表面的功夫，并没有尽全力，和邻国的国王是相差不多的。

　　梁惠王好驱使百姓与邻国打仗。有一次梁惠王召见孟子，问道："我在位，对于国家的治理，可以说是尽心尽意的了。河内（今河南省黄河北岸）常年发生灾荒，收成不好，我就把那里的一部分老百姓迁移到收成较好的河东去，并把收成较好的河东地区的一部分粮食运到河内来，让河内发生灾荒地区的老百姓不至于饿死。有时河东遇上灾年，粮食歉收，我也是这样，把其他地方的粮食调运到河东来，解决老百姓的无米之炊。我也看到邻国当政者的做法，没有哪一个像我这样尽心尽意替自己的老百姓着想的。然而，邻国的百姓没有减少，而我的百姓也没有增多，这是什么原因呢？"

　　孟子回答说："大王喜欢打仗，我就用打仗来打个比方吧。战场上，两军对垒，战斗一打响，战鼓擂得咚咚地响，作战双方短兵相接，各自向对方奋勇刺杀。经过一场激烈拼杀后，胜方向前穷追猛杀，败方就有人丢盔弃甲，拖着兵器逃跑。那逃跑的士兵中有的跑得快，跑了一百步停下来了；有的跑得慢，跑了五十步停下来了。这时，跑得慢的士兵却为自己只跑了五十步就嘲笑那些跑了一百步的士兵是胆小鬼，您认为这种嘲笑是对的吗？"

语言描写

　　运用了语言描写，侧面写出了梁惠王的自以为是。

词苑撷英

　　丢盔弃甲：跑得连盔甲都丢了。形容打败仗后逃跑的狼狈相。

梁惠王说："不对，他们只不过没有跑到一百步罢了，但是这也是临阵脱逃啊！"

孟子说："大王如果明白了这其中的道理，那么就无须再希望您的国家的老百姓比邻国多了。"

这篇寓言说明，看事物应当看到事物的本质与全局，不能只看表面和局部。邻国国君不管灾荒年间老百姓的生活，是不爱百姓的国君。梁惠王常调动百姓去打仗，致使民不聊生，仍然是不爱百姓的国君。

精彩点拨

这篇寓言告诉我们看事物要看清本质，不要被表面或者局部迷惑。做人在评价自己的时候不要只看到自己做过的好事，更多地是要找到自己的不足，反思自己；在考虑问题的时候也要全面，从各个方面去分析，如果分析片面，自然得不到公正的结论。

阅读积累

魏惠王

魏惠王（前400年—前319），姬姓，魏氏，名䓨，又称梁惠王，《竹书纪年》记作"梁/魏惠成王"。他是魏武侯之子，魏文侯之孙，公元前370年即位，在位52年。

魏惠王魏䓨即位正是魏国鼎盛时期，魏惠王由安邑迁都大梁（今开封西北）后，魏国亦称梁国。但在以后的战争中，"东败于齐，西丧秦地七百余里，南辱于楚"，开始衰落，他死于公元前319年。魏惠王三十六年（前334），魏惠王和齐威王在徐州会盟，互相承认对方为王，史称"徐州相王"（当时的徐州在今山东滕州）。

词好句

好词归纳

尽心尽意　　迁移　　　　歉收　　　　无米之炊

短兵相接　　丢盔弃甲　　临阵脱逃　　民不聊生

好句欣赏

· 这篇寓言故事说明，看事物应当看到事物的本质与全局，不能只看表面和局部。邻国国君不管灾荒年间老百姓的生活，是不爱百姓的国君。梁惠王常调动百姓去打仗，致使民不聊生，仍然是不爱百姓的国君。

人贵有自知之明

精彩导读

邹忌是齐国的美男子，他问自己的妻子，小妾和朋友自己和城北有名的美男子徐公谁漂亮，他们都回答他漂亮。后来他见到了徐公，觉得自己没有徐公漂亮。经过思考他知道为什么妻子、小妾和朋友说他漂亮了。

齐威王的相国邹忌长得相貌堂堂，身高八尺，体格魁梧，十分漂亮。与邹忌同住一城的徐公也长得一表人才，是齐国有名的美男子。

一天早晨，邹忌起床后，穿好衣服，戴好帽子，信步走到镜子前面仔细端详全身的装束和自己的模样。他觉得自己长得的确与众不同、高人一等，于是随口问妻子说："你看，我跟城北的徐公比起来，谁更漂亮？"

他的妻子走上前去，一边帮他整理衣襟，一边回答说："您长得多漂亮啊，那徐先生怎么能跟您比呢？"

邹忌心里不大相信，因为住在城北的徐公是大家公认的美男子，自己恐怕还比不上他，所以他又问他的妾，说："我和城北徐公相比，谁漂亮些呢？"

他的妾连忙说："大人您比徐先生漂亮多了，他哪能和大人相比呢？"

第二天，有位客人来访，邹忌陪他坐着聊天，想起昨天的事，就顺便又问客人说："您看我和城北徐公相比，谁漂亮？"客人毫不犹豫地说："徐先生比不上您，您比他漂亮多了。"

邹忌如此做了三次调查，大家一致都认为他比徐公漂亮。可是邹忌是个有头脑的人，并没有就此沾沾自喜，认为自己真的比徐公漂亮。

恰巧过了一天，城北徐公到邹忌家登门拜访。邹忌第一眼就被徐公那气宇轩昂、光彩照人的形象怔住了。两人交谈的时候，邹忌不住地打量着徐公。他自觉自己长得不如徐公。为了证实这一结论，他偷偷从镜子里面看看自己，再掉过头来瞧瞧徐公，结果更觉得自己长得比徐公差。

晚上，邹忌躺在床上，反复地思考着这件事。既然自己长得不如徐公，为什么妻、妾和那个客人却都说自己比徐公漂亮呢？想到最后，他总算找到了问题的结论。邹忌自言自语地说："原来这些人都是在恭维我啊！妻子说我美，是因为偏爱我；妾说我美，是因为害怕我；客人说我美，是因为有求于我。看起来，我是受了身边人的恭维赞扬而认不清真正的自我了。"

这则寓言告诉我们，人在一片赞扬声里一定要保持清醒的头脑，特别是居于领导地位的人，更要有自知之明，才不至于迷失方向。

苑撷英

气宇轩昂：形容人精力充沛，风度不凡。

比手法

运用了排比的手法，描写出了邹忌爱思考。

彩点拨

这篇寓言告诉我们做人要有自知之明，不要为别人的赞美所欺骗，要认清自己，经常反省自己的不足，正视自己的不足。这样才能不断修正自己，不断进步。同时要勇于承认自己的不足，金无足赤，人无完人，虽然没有完美的人，但是我们可以努力让自己变得更好。

读积累

齐威王

　　齐威王（前378—前320），妫姓，田氏，名因齐，原为侯，齐威王二十三年（前334），魏惠王和齐威王在徐州会盟，互相承认对方为王，史称"徐州相王"。齐威王以善于纳谏用能，励志图强而名著史册。齐威王在位时期，针对卿大夫专权、国力不强之弊，任用邹忌为相、田忌为将、孙膑为军师，进行政治改革，修明法制，选贤任能，赏罚分明，国力日强。经桂陵、马陵两役，大败魏军，开始称雄诸侯。并礼贤重士，在国都临淄（今山东淄博东北）稷门外修建稷下学宫，广招天下贤士议政讲学，成为当时的学术文化中心。

　　齐威王三十六年（前320），齐威王去世后葬于田齐王陵（在今山东省淄博市临淄区齐陵镇内），享年59岁。

词好句

好词归纳

相貌堂堂	魁梧	端详	与众不同
高人一等	毫不犹豫	沾沾自喜	气宇轩昂
恭维	自知之明	迷失	

好句欣赏

· 这则寓言告诉我们，人在一片赞扬声里一定要保持清醒的头脑，特别是居于领导地位的人，更要有自知之明，才不至于迷失方向。

团结的力量

精彩导读

从前有一个国王，他有20个儿子，但是这20个儿子明争暗斗，并不友爱，每次出现争执都是国王调解的。国王一直想要让他们团结却没有办法。直到他快去世了，在病床上，才想到办法，用箭的故事告诉他们团结的力量，他的儿子们也明白了他的用心良苦。

从前，国王阿豹有20个儿子。他这20个儿子个个都很有本领，难分上下。可是他们自恃本领高强，都不把别人放在眼里，认为只有自己最有才能。平时20个儿子常常明争暗斗，见面就互相讥讽，在背后也总爱说对方的坏话。

阿豹见到儿子们这种互不相容的情况，很是担心，他明白敌人很容易利用这种不睦的局面来各个击破，那样一来国家的安危就悬于一线了。阿豹常常利用各种机会和场合来苦口婆心地教导儿子们停止互相攻击、倾轧，要相互团结友爱。可是儿子们对父亲的话都是左耳朵进、右耳朵出，表面上装作遵从教诲，实际上并没放在心上，还是依然我行我素。

阿豹的年纪一天天老了，他明白自己在位的日子不会很久了。可是自己死后，儿子们怎么办呢？再没有人能教诲他们、调解他们之间的矛盾了，那国家不是要四分五裂了吗？究竟用什么办法才能让他们懂得要团结起来呢？阿豹越来越忧心忡忡。

有一天，久病在床的阿豹预感到死神就要降临了，他也终于有了主意。他把儿子们召集到病榻跟前，吩咐他们说："你们每

侧 面描写

运用了侧面描写，烘托出几个儿子的不团结。

词 苑撷英

我行我素：不管人家怎么说，仍旧按照自己平素的一套去做。

个人都放一支箭在地上。"儿子们不知何故，但还是照办了。阿豺又叫过自己的弟弟慕利延说："你随便拾一支箭折断它。"慕利延顺手捡起身边的一支箭，稍一用力，箭就断了。阿豺又说："现在你把剩下的19支箭全都拾起来，把它们捆在一起，再试着折断。"慕利延抓住箭捆，使出了吃奶的力气，咬牙弯腰，脖子上青筋直冒，折腾得满头大汗，始终也没能将箭捆折断。

阿豺缓缓地转向儿子们，语重心长地开口说道："你们也都看得很明白了，一支箭，轻轻一折就断了，可是合在一起的时候，就怎么也折不断。你们兄弟也是如此，如果互相斗气，单独行动，很容易遭到失败。只有20个人联合起来，齐心协力，才会产生无比巨大的力量，可以战胜一切，保障国家的安全。这就是团结的力量啊！"

儿子们终于领悟了父亲的良苦用心，想起自己以往的行为，都悔恨地流着泪说："父亲，我们明白了，您就放心吧！"

阿豺见儿子们真的懂了，欣慰地点了下头，闭上眼睛安然去世了。

折箭的道理告诉我们，团结就是力量，只有团结起来，才会产生巨大的力量和智慧，去克服一切困难。

精 彩点拨

这篇寓言告诉我们一定要团结，一个人的力量是渺小的，一群人的力量却是不可估量的。团结的力量是非常大的。同时也告诉我们兄弟姐妹之间要相互关爱，相互团结，一根筷子容易被折断，但是两根筷子就很坚强。团结兄弟姐妹也是对父母孝顺的一种方式。

阅 读积累

箭

箭，又名矢，是一种借助于弓、弩，靠机械力发射的具有锋刃的远射兵器。因其弹射方法不同，分为弓箭、弩箭和摔箭。弓用之箭较长，通常在70厘米以上（个别战箭长度超过1米）；弩用之箭较短，一般在50~60厘米。

好 词好句

好词归纳

　　　　自恃　　　明争暗斗　　　我行我素　　　齐心协力

好句欣赏

· 折箭的道理告诉我们，团结就是力量，只有团结起来，才会产生巨大的力量和智慧，去克服一切困难。

· 你们也都看得很明白了，一支箭，轻轻一折就断了，可是合在一起的时候，就怎么也折不断。你们兄弟也是如此，如果互相斗气，单独行动，很容易遭到失败。只有20个人联合起来，齐心协力，才会产生无比巨大的力量，可以战胜一切，保障国家的安全。这就是团结的力量啊！

谁偷了金钗

木八剌和自己的夫人吃饭，夫人用金钗穿起一块肉，正要吃，门外来了客人，夫人就放下了金钗。这时候，一只猫趁着没人注意，把金钗叼到了门梁上，把肉吃了。夫人回来没有找到金钗，就怀疑是丫鬟偷了金钗，严刑拷打，最后丫鬟死了也没有找到金钗。直到一年后，房屋翻修，才找到金钗。

从前，有个西域人，名叫木八剌（là）。这天，他王和妻子一同吃饭。婢女端上来一盘肉，木八剌的妻子取下头上的小金钗从盘子里穿起一块肉，正要吃时，门外喊着有客人求见。木八剌起身去迎客人。他妻子也赶紧放下穿着肉的金钗，起身去为客人沏茶。待客人走后，他们夫妻二人重新回到餐桌旁，一看，发现穿着肉块的金钗不见了。

当时，除了木八剌夫妻外，就一个婢女在忙进忙出，于是，木八剌夫妇二人都一口咬定是婢女偷了金钗。他们逼婢女跪下，要她将金钗拿出来。婢女哭着说，她确实没有偷。木八剌的妻子非常生气，便拿来棍棒，一次次逼问拷打这个可怜的小婢女。小婢女始终坚持说她没有偷金钗，最后，竟被木八剌夫妇拷打至死，金钗也没有找到。

一年以后，木八剌请工匠修理房屋。工匠在房顶上清理瓦沟里的脏物时，忽然有一件东西掉到地上，发出金属的响声。木八剌在一旁看到，赶紧拾起来一看，原来是他妻子一年前丢失的那支小金钗，同时还有一块朽骨头同金钗一同落下来。

木八剌连忙把妻子叫来，夫妻二人这才恍然大悟，原来想必是猫趁主人不注意，偷肉吃把小金钗一同叼到房顶上。当时谁也没注意，连小婢女也没看到，以至于含冤而死，实在可怜。那木八剌夫妇也深感愧疚不安，可惜，后悔晚矣。

世界上的事情是错综复杂的，怎么能单凭主观推断、只看表面现象就下结论呢？这样下去，只会把事情弄糟。

彩点拨

这篇寓言告诉我们有些事情并不像表面上看到的那样简单，有时候是很复杂的，不要轻易地下结论，否则只会让事情越来越糟。自己要为自己说过的每一句话负责，说每一句话也要有理有据，不能凭空捏造。用证据说话，不能冤枉别人。

读积累

钗

钗是古代汉族妇女的一种首饰，由两股簪子交叉组合成的一种首饰，形状为两条金属丝到最后绞成一股，在装饰物的结尾处必定有流苏吊坠来衬托；分类有：金钗、玉钗、宝钗、裙钗（旧指妇女，亦称"钗裙"）等。

词好句

好词归纳

求见	沏茶	忙进忙出	拷打
赃物	恍然大悟	愧疚	错综复杂

好句欣赏

· 世界上的事情是错综复杂的，怎么能单凭主观推断、只看表面现象就下结论呢？这样下去，只会把事情弄糟。

心不在焉

精彩导读

　　赵襄王向王子期学习骑马，没过多久他就觉得自己学会了，提出和王子期比赛，接连三次他都输了，就怀疑王子期没有传授给他所有的本领。王子期告诉他，是他赛马的时候没有把心思放在马上，总是着急，不注意技巧。赵襄王这才知道自己的问题。

　　赵襄王向王子期学习驾车技巧，刚刚入门不久，他就要与王子期比赛，看谁的马车跑得快。可是，他一连换了三次马，比赛三场，每次都远远地落在王子期的后面。

　　赵襄王这下可不高兴了，他于是叫来王子期，责问道："你既然教我驾车，为什么不将真本领完全教给我呢？你难道还想留一手吗？"

　　王子期回答说："驾车的方法、技巧，我已经全部教给大王了。只是您在运用的时候有些舍本逐末，忘却了要领。一般说来，驾车时最重要的是使马在车辕里松紧适度、自在舒适；而驾车人的注意力则要集中在马的身上，沉住气，驾好车，让人与马的动作配合协调，这样才可以使车跑得快、跑得远。可是刚才您在与我赛车的时候，只要是稍有落后，你的心里就着急，使劲鞭打奔马，拼命要超过我；而一旦跑到了我的前面，又时常回头观望，生怕我再赶上您。总之，您是不顾马的死活，总是要跑到我的前面才放心。其实，在远距离的比赛中，有时在前，有时落后，都是很正常的；而您呢，不论是领先还是落后，心里始终十分紧张，您的注意力几乎全都集中在比赛的胜负上了，又怎么可

词 苑撷英

　　舍本逐末：又说弃本逐末。放弃根本的、主要的，而去追求枝节的、次要的。形容轻重倒置。

语 言描写

　　运用了语言描写，侧面烘托出赛马时赵襄王的心急。

能去调好马、驾好车呢？这就是您三次比赛、三次落后的根本原因啊。"

赵襄王赛车时心不在焉，终致失败的教训说明，我们无论做什么事，都要专心致志，集中精力，掌握要领，不计功利，努力将每一件事情做好。如果过于患得患失，为名利所累，往往会事与愿违，把事情的结果弄糟。

精 彩点拨

这篇寓言告诉我们不管做什么事情都要一心一意，专心致志，不要过分在乎得失，否则只会得不偿失。不管什么时候都要保持镇定，平常心对待，一旦心急就容易影响情绪，影响发挥。只有从容不迫，才能稳操胜券。

阅 读积累

赵 国

赵国（前403—前222），中国春秋战国时期诸侯国，战国七雄之一。赵国国君嬴姓赵氏。赵国始祖造父，为商朝名臣飞廉（蜚廉）次子季胜之后，因征伐徐国有功，受封于赵城，由此为赵氏。赵氏历经二十余代，传至赵简子赵鞅、赵襄子赵毋恤。赵鞅打破了晋国六卿的格局，赵毋恤力战智、韩、魏的围攻，简襄之烈确立了赵国版图。

好词归纳

舍本逐末　　协调　　　教训　　　专心致志

患得患失　　事与愿违

好句欣赏

· 赵襄王赛车时心不在焉，终致失败的教训说明，我们无论做什么事，都要专心致志，集中精力，掌握要领，不计功利，努力将每一件事情做好。如果过于患得患失，为名利所累，往往会事与愿违，把事情的结果弄糟。

惊弓之鸟

精彩导读

更羸和魏王去郊外游玩，更羸看到一群鸟，他对魏王说，只要拉一下弓，就能打下来一只鸟。魏王不敢相信。没想到更羸拉了一下弓，真的掉下来一只鸟。魏王问原因，原来更羸通过那只掉下来的鸟的叫声和飞行姿势判断它受过箭伤还没有恢复，它内心十分害怕，听到弓的声音更加紧张，就掉了下来。

战国时魏国有一个有名的射箭能手叫更羸（gēng lèi）。

有一天，更羸跟随魏王到郊外去游玩。玩着玩着，看见天上有一群鸟从他们头上飞过，在这群鸟的后面，有一只鸟吃力地在追赶着它的同伴，也向这边飞来。更羸对魏王说："大王，我可以不用箭，只要把弓拉一下，就能把天上飞着的鸟射下来。"

"会有这样的事？"魏王真有点不相信地问。

更羸说道："可以试一试。"过了一会儿，那只掉了队的鸟飞过来了，它飞的速度比前面几只鸟要慢得多，飞的高度也要低一些。这只鸟飞近了——原来是只掉了队的大雁，只见更羸这时用左手托着弓，用右手拉着弦，弦上也不搭箭。他面对着这只正飞着的大雁拉满了弓。只听得"当"的一声响，那只掉了队正飞着的大雁便应声从半空中掉了下来。

魏王看到后大吃一惊，连声说："真有这样的事情！"便问更羸不用箭是凭什么将空中飞着的鸟射下来的。

更羸笑着对魏王讲："没什么，这是一只受过箭伤的大雁。"

"你是怎么知道这只大雁是受过了箭伤的呢？"魏王更加奇怪了，不等更羸说完就问。

更羸笑着继续对魏王说："从这只大雁飞的姿势和叫的声音中知道的。"更羸接着讲："这只大雁飞得慢是它身上的箭伤在作痛，叫的声音很悲惨是因为它离开同伴已很久了。旧的伤口在作痛，还没有好，它心里很害怕。当听到弓弦声响后，更害怕再次被箭射中，于是就拼命往高处飞。它心里本来就害怕，加上拼命一使劲，本来未愈的伤口又裂开了，疼痛难忍，翅膀再也飞不动了，它就从空中掉了下来。"

故事中的大雁听到弓弦声响后就惊恐万分，是因为它身上受过箭伤。

这个故事的寓意是指有人在某一件事情上吃过亏，于是就老是害怕再次发生类似的事情，可以说是惊弓之鸟。

语言描写

运用了语言描写，侧面烘托出更羸观察细致和聪明智慧。

词苑撷英

惊恐万分：非常惊讶恐慌，十分害怕。

精彩点拨

这篇寓言告诉我们有时候一个人在一件事上吃了亏，面对类似的事情就会有阴影，感到害怕，担心同样的事情再次发生。其实害怕是没有必要的，只要每次做事都小心谨慎就可以了。相反，如果只是害怕却没有采取行动弥补，那么再小心，悲剧还是会发生。

阅读积累

战国时代

战国时代指公元前475—公元前221年（另有一说认为具体时间应该是从韩赵魏三家分晋开始算起直到秦始皇统一天下为止，即公元前403—公元前221年）。战国时代是中国古代重要的历史时期之一，其主体时间线处于东周末期。战国时代是华夏历史上分裂对抗最严重且最持久的时代之一。以三家分晋的结果为标志，奠定了战国七雄的格局。

 词好句

好词归纳

姿势　　悲惨　　惶恐万分　　害怕　　疼痛难忍

好句欣赏

· 原来是只掉了队的大雁，只见更赢这时用左手托着弓，用右手拉着弦，弦上也不搭箭。他面对着这只正飞着的大雁拉满了弓。只听得"当"的一声响，那只掉了队正飞着的大雁便应声从半空中掉了下来。

· 这个故事的寓意是指有人在某一件事情上吃过亏，于是就老是害怕再次发生类似的事情，可以说是惊弓之鸟。

修路与架桥

景差是郑国的相国，他出游的时候，如果看到道路拥挤会亲自指挥车马有序行进；如果看到有人因为过河而冻得打哆嗦，他会让人把他扶到马车上，还会给他棉衣。百姓觉得他是一个好官。可是叔向却不以为然，他认为景差做的都是简单的事情，也不能解决根本问题，如果他真的体恤百姓，就应该修路架桥。这样才是真正为百姓着想。

景差是郑国的相国。

一次，景差坐着马车带着随从外出，出都城走了一段路，发现前面车马拥挤，道路堵塞，景差让随从上前察看，<u>原来前面很长一段路淤泥堆积，坑坑洼洼</u>，车、马每行到此便难以前进，马摔倒路边，车陷进泥里，人只好下车去拼命推拉那些车、马，搞得十分狼狈。堵在后面的行人十分焦急。见此状况，景差忙命自己的随从都下去帮忙推车拉马，自己也亲自下车前去指挥，使混乱的局面慢慢变得有秩序起来。

又有一次，景差坐车经过一条河边，只见一个老百姓卷起裤脚走过河，因为时值隆冬，那人上得岸来，两条腿已经冻僵，全身也哆嗦成一团。景差看到这个情况，赶紧叫随行的人把那冻得浑身发紫的百姓扶到后面的车上，拿过一件棉衣盖在他身上。好半天那人才缓过气来，对景差真是千恩万谢，感激不尽。

景差关怀老百姓疾苦的事情传开了，大家都称赞景差是个了不起的人。可是晋国大夫叔向却与众人持相反的态度。叔向说："作为一个相国，景差并不称职，只不过是个庸才罢了。假如他

侧面描写

运用了侧面描写，表达出道路的不平坦。

词苑撷英

千恩万谢：一再表示感恩和谢意。

真正胜任本职工作，就该对交通情况、桥梁道路了如指掌。对泥泞的路面及时加以维修而不至于到了走不通时去指挥疏通。至于桥梁，他该在春季就动员百姓把河沟渠道清理好，在秋季就组织人力、物力将渡口桥梁修复、架好。到了寒冷的冬季，连牲畜都不能走过河了，何况人呢？可见景差胸无全局，不会深谋远虑，算不得称职的相国。"

看来，叔向的评价是有道理的，作为一国之相，关心老百姓就必须从大事抓起，从根本上解决问题，而不是头痛医头，脚痛医脚。

精彩点拨

这篇寓言告诉我们帮忙要从根本上解决问题，官员应该多做大事为百姓谋福，而不是做一些简单的小事讨好百姓。也不要在旁人面前夸大其词地吹嘘自己。表扬自己之前要全面地思考自己做过的事情是否全面，顾虑全局。同时，在其位，谋其政，不要把本职工作当作贡献。

阅读积累

相 国

相国，官名。起源于春秋晋国，称之为相邦，是战国秦及汉朝廷臣最高职务。战国时代称为"相邦"，秦国的第一个相邦是樛斿，秦国最后一个相邦是吕不韦（秦国吕不韦）。吕不韦被免职后，嬴政认为相邦权力过大，于是暂时废除了相邦职务。汉王刘邦即汉王位后，又重新设立相邦职位，后代为避讳改称相邦为相国。

好词好句

好词归纳

堵塞	淤泥	坑坑洼洼	狼狈
指挥	秩序	隆冬	千恩万谢
称职	了如指掌	修复	疏通
胸无全局	深谋远虑		

好句欣赏

· 景差看到这个情况，赶紧叫随行的人把那冻得浑身发紫的百姓扶到后面的车上，拿过一件棉衣盖在他身上。好半天那人才缓过气来，对景差真是千恩万谢，感激不尽。

· 看来，叔向的评价是有道理的，作为一国之相，关心老百姓就必须从大事抓起，从根本上解决问题，而不是头痛医头，脚痛医脚。

楚人学齐语

春秋时期，宋国的戴不胜很关心国事，可是国君却不关心。他就去请教孟子。孟子就用学习齐语这件事开导他。戴不胜才明白，国王被太多的谗言欺骗，所以才不关心国事。国王是受到了奸人的影响才不关心国家大事。

语言描写

运用了语言描写，写出了孟子转换思维，聪明智慧。

苑撷英

不紧不慢：形容心情平静，行动从容。

春秋时期，在现在河南省境内有一个小国叫"宋"。宋国大夫戴不胜比较开明，很关心国事，很想让宋国国君多理朝政，就是不知道该怎样劝说宋王才好。

戴不胜知道孟子很有见识，很佩服孟子，也很想向孟子请教。有一次孟子到宋国旅行，戴不胜大夫很恭敬地接待了孟子，向孟子请教说："您是很有学问的人。请您告诉我，怎样才能劝说一个国家的国君把自己的全部精力用来管理自己的国家、多为国家办些好事呢？"

孟子想了一会儿，微笑着不紧不慢地说道："这话看怎么说，比如说，有位楚国大夫很想让自己的儿子学说齐国话，您看是请齐国人教他好呢，还是请楚国人教他好呢？"

戴不胜亦笑着回答说："那当然是请齐国人教他好啊！"

孟子笑了一下，接着说："即使请来一个齐国人教他，并且很耐心地教他说齐国话，然而他周围的人觉得很稀奇，整天来干扰他，吵吵闹闹难得安静。到了这种情形之下，哪怕用鞭子来抽打他，逼迫他学齐国话，他仍然是学不会的。如果把他带引到齐国去，并且住在齐国都城最有名、最繁华的街巷里，住下来学讲齐国话。几年以后，他的齐国话学会了，讲得很好了，到那时再要他说楚国话，假若也用鞭子天天抽打他，要他说楚国话，那也是很困难的了。"

听了孟子一席话以后，戴不胜终于明白过来：在宋国，国王周围的大夫少有好人，在太多的坏大夫的谗言欺骗下，也难怪宋国国君会变得无道啊！

这篇寓言的寓意是：不可忽视客观环境、周围风气对人的影响。

精彩点拨

　　这篇寓言告诉我们外界对人的影响是很大的，不要忽略外界对人的影响，也不要轻易相信别人说的赞美话。同时也告诉我们要经常反思自己，如果自己很长一段时间都没有进步或有所作为，那么可能是身边的人或者事情影响到了自己，要及时找到问题，发现问题，解决问题。

阅读积累

孟　子

　　孟子（约前372年—前289），名轲，字子舆，邹国（今山东邹城东南）人。战国时期哲学家、思想家、政治家、教育家，是孔子之后、荀子之前的儒家学派的代表人物，与孔子并称"孔孟"。

　　孟子宣扬"仁政"，最早提出"民贵君轻"思想，被韩愈列为先秦儒家继承孔子"道统"的人物，元朝追封为"亚圣"。孟子的言论著作收录于《孟子》一书。其中《鱼我所欲也》《得道多助，失道寡助》《寡人之于国也》《生于忧患，死于安乐》《富贵不能淫》等篇被编入中学语文教科书中。

 词好句

好词归纳

开明　　恭敬　　佩服　　请教　　不紧不慢

谗言　　耐心　　逼迫繁华　　欺骗忽视

好句欣赏

- "即使请来一个齐国人教他,并且很耐心地教他说齐国话,然而他周围的人觉得很稀奇,整天来干扰他,吵吵闹闹难得安静。到了这种情形之下,哪怕用鞭子来抽打他,逼迫他学齐国话,他仍然是学不会的。如果把他带引到齐国去,并且住在齐国都城最有名、最繁华的街巷里,住下来学讲齐国话。几年以后,他的齐国话学会了,讲得很好了,到那时再要他说楚国话,假若也用鞭子天天抽打他,要他说楚国话,那也是很困难的了。"

- 听了孟子一席话以后,戴不胜终于明白过来:在宋国,国王周围的大夫少有好人,在太多的坏大夫的谗言欺骗下,也难怪宋国国君会变得无道啊!

- 这篇寓言的寓意是:不可忽视客观环境、周围风气对人的影响。

曹冲称象

精 彩 导 读

三国时期，孙权送给曹操一头大象，北方没有大象，大家都很惊奇，想知道大象有多重，就想办法称象，却没有称象的工具。大家在一起集思广益，这时候曹操的儿子曹冲想到了用石头替换大象的办法。

三国时候，魏王曹操有个小儿子，名字叫作曹冲。曹冲自幼聪明伶俐、智慧过人，深得曹操的宠爱。曹冲做事爱开动脑筋、勤于思考，才只有五六岁的年纪，就可以想出办法来解决一些连大人都束手无策的问题。

有一天，吴王孙权派人给曹操送来了一头大象作为礼物。北方是没有大象的，曹操第一次见到这样的庞然大物，心下很是好奇，就问送大象来的人说："这头大象究竟有多重呢？"来人回答："鄙国从来没有称过大象，也没有办法称，所以不知道大象有多重。早就听说魏王才略过人，手下谋士众多，个个都智慧超群，请您想个办法称称大象的重量，也让我等领教一下北方大国的风范。"

曹操顿时明白这是孙权给他出的一道难题，他可绝对不能丢这个面子，让国威受损。于是他召集群臣，传令下去：能称出大象的重量的人，重重有赏。大家都绞尽了脑汁，苦苦思索。有人说要做一杆大秤，曹操反驳说就是做出来了，也没有人能提得动啊。有人说要把大象锯成一块块的零称，曹操斥责说怎么可能把吴国送的礼物毁坏成这样呢。人们你一言我一语，就是没人想出一个切实可行的办法。

词 苑撷英

庞然大物：形容体积大而笨重的东西。

语 言描写

运用了语言描写，描写出来人对曹操的赞扬，内心却期待曹操出丑。

就在大伙儿都一筹莫展之际，小曹冲忽然走到曹操身边说道："父王别着急，我有办法，我们可以先把大象牵到船上，在船帮齐水处做个记号，再将大象牵走，把石头运到船上去，运到船沉到先前做记号的地方为止。这时石头的重量就和大象的重量相等了。然后，我们再把石头分别称一称，把这些重量加起来，不就知道大象有多重了吗？"

曹操听了大喜，众人也对曹冲的聪慧赞叹不已。就这样，大象的重量终于被称出来了。

2 000多年前，幼小的曹冲就有这样惊人的智慧，怎不叫人称赞。这个故事启发我们在现实生活中遇事要多动脑筋，经常锻炼自己的思维能力，使人变得越来越聪明。

精彩点拨

这篇寓言告诉我们平时要多动脑筋多思考，不断地磨练自己，锻炼自己，才能不断进步。当遇到一个无法解决的难题的时候，可以虚心向别人请教，三人行，必有我师。如果一个问题用一个方法解决不了，那么就要换一个思维方式，学会变通。

阅读积累

曹冲

曹冲（196—208），字仓舒，东汉末年人物，曹操和环夫人之子。从小聪明仁爱，与众不同，深受曹操喜爱。留有"曹冲称象"的典故。

曹操几次对群臣夸耀曹冲，有让他继嗣之意。曹冲还未成年就病逝，年仅13岁。

 词好句

好词归纳

聪明伶俐　　智慧过人　　束手无策　　庞然大物

好奇　　　　才略过人　　领教风范　　国威

毁坏　　　　一筹莫展　　锻炼

好句欣赏

·2000多年前，幼小的曹冲就有这样惊人的智慧，怎不叫人称赞。这个故事启发我们在现实生活中遇事要多动脑筋，经常锻炼自己的思维能力，使人变得越来越聪明。

叶公好龙

精彩导读

鲁哀公经常说自己爱惜人才，可是人才来了，他却一点儿也不重视。还有一个叫叶子高的人，说自己喜欢龙，在家里的很多地方都是用龙装饰的，感动了上天的真龙。真龙降落在叶子高家里，他却非常害怕。

词 苑撷英

风尘仆仆：形容旅途辛苦劳累。

侧 面描写

运用了侧面描写，表达出鲁哀公对子张的忽视。

鲁哀公经常向别人说自己是多么渴望人才，多么喜欢有知识才干的人。有个叫子张的人听说鲁哀公这么欢迎贤才，便从很远的地方风尘仆仆地来到鲁国，请求拜见鲁哀公。

子张在鲁国一直住了七天，也没等到鲁哀公的影子。原来鲁哀公说自己喜欢有知识的人只是赶时髦，学着别的国君说说而已，对前来求见的子张根本没当一回事，早已忘到脑后去了。子张很是失望，也十分生气。他给鲁哀公的车夫讲了一个故事，并让车夫把这个故事转述给鲁哀公听。然后，子张悄然离去了。

终于有一天，鲁哀公记起子张求见的事情，准备叫自己的车夫去把子张请来。车夫对鲁哀公说："他早已走了。"

鲁哀公很是不明白，他问车夫道："他不是投奔我而来的吗？为什么又走掉了呢？"

于是，车夫向鲁哀公转述了子张留下的故事。那故事是这样的。

有个叫叶子高的人，总向人吹嘘自己是如何如何喜欢龙。他在衣带钩上画着龙，在酒具上刻着龙，他的房屋卧室凡是雕刻花纹的地方也全都雕刻着龙。天上的真龙知道叶子高是如此喜欢龙，很是感动。一天，真龙降落到叶子高的家里，它把头伸进窗户里探望，把尾巴拖在厅堂上。这叶子高见了，吓得脸都变了颜色，惊恐万状，回头就跑。真龙感到莫名其妙，很是失望。其实那叶公并非真的喜欢龙，只不过是形式上、口头上喜欢罢了。

我们现实生活中像叶子高这样的人也有不少，他们往往口头上标榜的是一套，而一旦要动真格的，就临阵脱逃。这跟叶公好龙又有什么两样呢？

拟人手法
运用拟人手法，描写出龙的动作。

精彩点拨

　　这篇寓言告诉我们做人要真实，不要表面一套，背后一套。表里如一才能得到别人的尊重。只要是伪装的，终有一天会暴露出来。所以不管我们对任何事情有什么看法，都要真实。能够欺骗别人一时，欺骗不了一世。

阅读积累

龙

　　龙是中国等东亚国家古代神话传说中生活于海中的神异生物，为鳞虫之长、万兽之王，司掌行云布雨，是风和雨的主宰，常用来象征祥瑞。龙是汉族等东亚民族最具代表性的传统文化之一，龙的传说等龙文化非常丰富。

　　传说多为其能显能隐，能细能巨，能短能长。春分登天，秋分潜渊，呼风唤雨，而这些已经是晚期发展而来的龙的形象，相比最初的龙而言更加复杂。

好词好句

好词归纳

渴望	才干	时髦	风尘仆仆
投奔	吹嘘	雕刻	感动
惊恐万分	临阵脱逃	标榜	

好句欣赏

·我们现实生活中像叶子高这样的人也有不少，他们往往口头上标榜的是一套，而一旦要动真格的，就临阵脱逃。这跟叶公好龙又有什么两样呢？

越人与狗

精彩导读

越国有一个商人路上遇见一条狗。这条狗告诉他只要好生养着它，它捕获的东西能够和他平分。商人信了狗的话，给它好吃的、好喝的，可是狗却从来没有守信用过。于是在狗捕获猎物之后，他就自己多留了一些。狗知道后很生气，就杀了商人，然后逃跑了。

越国有一个人出外经商，在返家途中遇见一条狗。这条狗跑到越人面前，<u>摇首摆尾地对越人说着人话</u>："我很擅长捕猎野物，只要你对我好，我愿意将猎获的东西与你平分。"

越人见有这等找上门来的好事，不要白不要，于是很高兴地把狗带回了家中。

狗在越人家中受到很好的待遇。每天，狗吃着用精米做的饭和肥肉做的菜，越人用款待客人的礼节款待这条狗，指望狗将来会好好回报自己。

可是这狗是个忘恩负义的家伙，它受到越人这般优待不但不存感激回报之意，<u>反而日益傲慢骄横起来</u>，每次捕猎到野兽，都是自己独吞，把越人忘在一边。

于是有邻人讥笑越人说："你供给那狗好吃好喝，客气得不得了，可它眼里根本没有你，它猎获的野物，从没你的份儿，你还要这狗干吗？"

越人一听，醒悟过来，也很生狗的气。于是待狗捕猎到野兽，就跟狗平分兽肉，并且每次都给自己多留一些。

那狗终于翻了脸，它不愿越人分享它的猎物。一天，它突

词 苑撷英

摇手摆尾：摇动着脑袋，摆动着尾巴，形容悠然自得的样子。

拟 人描写

运用拟人手法，写出狗的傲慢。

然扑到越人身上，咬住他的脑袋，撕断了他的脖子和双腿，然后便离开越人的家逃走了。

越人不能识破这条凶残贪婪的狗的真面目，开始还一味娇宠它，终至这条恶狗翻脸不认人。越人招进强盗、自食恶果的教训是深刻的。

这篇寓言告诉我们，不能一味地宠爱任何人，识别他人的真面目非常重要，否则就是招了一个强盗，最后吃亏的是自己。要拥有一双慧眼，分辨是非和善恶，不被表象迷惑，蒙蔽双眼，否则最后只会吃亏。

越 国

越国（前2032—前222），是中国夏商、西周以及春秋战国时期中国东南方的诸侯国。越国处在东南扬州之地，始祖为夏朝君主少康的庶子无余，是华夏先祖大禹的直系后裔中的一支。越国与杞国、缯国、褒国等皆为大禹后裔子孙所分封。越国封地处欧余山之南（阳）面，国君为姒姓。蹄（宰勋）开基为欧阳氏。越国主要以绍兴禹王陵为中心。春秋末期，允常时与吴国发生了矛盾，并相互攻伐。前495年，允常死后，勾践即位。公元前473年，勾践消灭吴国，出兵向北渡过淮河，在徐州与齐、晋诸侯会合，向周王室进献贡品。势力范围一度北达齐鲁，东濒东海，西达今皖淮、赣鄱，雄踞东南。

词好句

好词归纳

摇首摆尾	擅长	待遇	款待
优待	醒悟	自食恶果	深刻

好句欣赏

· 越人不能识破这条凶残贪婪的狗的真面目，开始还一味娇宠它，终至这条恶狗翻脸不认人。越人招进强盗、自食恶果的教训是深刻的。

曾子杀猪

精彩导读

　　有一天，曾子的夫人要出门，她的儿子也要跟着。夫人为了不让儿子跟着去，就骗他如果不去回来就给他杀猪吃。夫人回来以后看见曾子在杀猪，很生气。曾子却说一定要守信用，即使是孩子也不能欺骗。

　　一个晴朗的早晨，曾子的妻子梳洗完毕，换上一身干净整洁的蓝布新衣，准备去集市买一些东西。她出了家门没走多远，儿子就哭喊着从身后撵了上来，吵着闹着要跟着去。孩子不大，集市离家又远，带着他很不方便。因此曾子的妻子对儿子说："你回去在家等着，我买了东西一会儿就回来。你不是爱吃酱汁烧的蹄子、猪肠炖的汤吗？我回来以后杀了猪就给你做。"这话倒也灵验。她儿子一听，立即安静下来，乖乖地望着妈妈一个人远去。

　　曾子的妻子从集市回来时，还没跨进家门，就听见院子里捉猪的声音。她进门一看，原来是曾子正准备杀猪给儿子做好吃的东西。她急忙上前拦住丈夫，说道："家里只养了这几头猪，都是逢年过节时才杀的。你怎么拿我哄孩子的话当真呢？"曾子说："在小孩面前是不能撒谎的。他们年幼无知，经常从父母那里学习知识，听取教诲。如果我们现在说一些欺骗他的话，等于是教他今后去欺骗别人。虽然做母亲的一时能哄得过孩子，但是过后他知道受了骗，就不会再相信妈妈的话。这样一来，你就很难再教育好自己的孩子了。"曾子的妻子觉得丈夫的话很有道理，于是心悦诚服地帮助曾子杀猪去毛、剔骨切肉。没过多久，曾子的妻子就为儿子做好了一顿丰盛的晚餐。

苑撷英

年幼无知：意思是指年纪小，不懂事。

言描写

运用了语言描写，侧面写出曾子对教育的独特而充满智慧的见解。

曾子用言行告诉人们，为了做好一件事，哪怕对孩子，也应言而有信，诚实无诈，身教重于言教。

一切做父母的人，都应该像曾子夫妇那样讲究诚信，用自己的行动做表率，去影响自己的子女和整个社会。

精彩点拨

这篇寓言告诉我们做人一定要讲信用，这样才能得到别人的尊重。不要因为对方是小孩子，就肆无忌惮地说谎。小孩子没有判断能力，只会简单地学习，如果你在小孩子面前说谎，小孩子就会学会说谎。家长要做孩子的榜样。有信用的家长才能培育出有信用的孩子。

阅读积累

曾子

曾子（前505—435），姒姓，曾氏，名参，字子舆，鲁国南武城（今山东平邑，一说山东嘉祥）人。春秋末年思想家，儒家大家，孔子晚年弟子之一，儒家学派的重要代表人物，夏禹后代。倡导以"孝恕忠信"为核心的儒家思想，"修齐治平"的政治观、"内省慎独"的修养观、"以孝为本"的孝道观至今仍具有极其宝贵的社会意义和实用价值。曾子参与编制了《论语》，撰写《大学》《孝经》《曾子十篇》等作品。

好词好句

好词归纳

晴朗　　梳洗　　灵验　　　立即　　　无知

教诲　　欺骗　　心悦诚服

好句欣赏

· "在小孩面前是不能撒谎的。他们年幼无知，经常从父母那里学习知识，听取教诲。如果我们现在说一些欺骗他的话，等于是教他今后去欺骗别人。虽然做母亲的一时能哄得过孩子，但是过后他知道受了骗，就不会再相信妈妈的话。这样一来，你就很难再教育好自己的孩子了。"

江边姑娘

　　江边有一村子很贫穷，所以做农活也要在一起凑蜡烛。一个姑娘没有蜡烛，一直借着别人的光，所以很多人就不高兴，不想让她再借光。姑娘告诉他们自己也在奉献，没有妨碍到任何人。一番议论之后，大家才继续接受姑娘借光。

　　在大江之滨的一个小村子里，住着十来户人家。虽然村里的人经过一年到头辛勤的劳动，基本上能够养家糊口，但是日子并不好过。他们的生活朴素而节俭。每天晚上，男人们拖着疲惫不堪的身子回家，晚饭后不久就得歇息。女人们在男人休息之后还要做一些收拾屋子、缝补浆洗的事。勤劳俭朴的习惯就这样一代代往下传，村里各家各户的少女也从日常的家务劳动中练就了一双灵巧、能干的手。<u>她们不仅在白天帮助家里做一些烧水做饭、养鸡养畜的工作，到了晚上，还要搞手工编织、做针线活。</u>

　　因为经济上都不宽裕，点灯用烛成了一道难题。为了节省一点灯烛钱，村里的姑娘们商量决定，大家分摊着凑一些蜡烛，每晚集中起来在一户住房较宽的人家一起干活。

　　有一个因家境贫寒而买不起蜡烛的少女，每天晚上也到村里姑娘集体活动的那户人家去做夜活。日子一长，那些出了蜡烛的姑娘开始嫌弃这个少女。她们风言风语地想撵她出去。

　　这个少女面对和自己从小一起长大的同伴们的无理做法愠而不发，并且很有礼貌地说道："我因为买不起蜡烛，所以常到这

> **侧面描写**
>
> 运用了侧面描写，写出了少女们生活的辛苦。

> **苑撷英**
>
> 风言风语：毫无根据的话。指背后散布的诽谤性的坏话。

里来借光。我不能为这个集体活动的场所出一份钱，可是我多少能为大家出一点力。每天晚上我来得最早，一来就打扫屋子、整理坐席，正是出于这个原因。等你们都到齐的时候，这间房子并不显得拥挤；我每次坐在你们的后面，借着墙面反射的烛光干活，并没有遮挡你们的光线。我对你们没有任何妨碍，你们为什么要吝惜墙面反射的一点余光呢？我对你们并不是一点好处都没有，你们为什么一定要把我赶走呢？"那些看不起这个少女的姑娘听了这番话以后，觉得很有道理。经过一番议论，她们终于决定把这个少女留在全村做夜活的姑娘们的队伍中。

一群农村姑娘，在生产力很低的近代社会，自发结成集中劳动的群体，这是有益于社会进步的一件好事。那个因为家贫而买不起蜡烛的少女被做夜活的姑娘们接纳的事实告诉我们，集体主义的互助合作精神自古就是中华民族的一种美德。

精 彩点拨

这篇寓言告诉我们在困难的时候大家要相互帮助，有合作精神，这不仅是一种美德，还能促进共同进步。不要斤斤计较，每个人都有困难的时候，不要怕麻烦，不要感觉吃亏，用一颗善心去帮助别人、关照别人，被帮助的人会记在心里，回报你。

阅 读积累

蜡 烛

蜡烛是一种日常照明工具，主要用石蜡制成，在古代，通常由动物油脂制造。可燃烧发出光亮。此外，蜡烛的用途十分广泛：在生日宴会、宗教节日、集体哀悼、红白喜事等活动中也有重要用途。在文学艺术作品中，蜡烛有牺牲、奉献的象征意义。

现代一般认为蜡烛起源于原始时代的火把，原始人把脂肪或者蜡一类的东西涂在树皮或木片上，捆扎在一起，做成了照明用的火把。也有传说在先秦上古时期，有人把艾蒿和芦苇扎成一束，然后蘸上一些油脂点燃作照明用，后来又有人把一根空心的芦苇用布缠上，里面灌上蜜蜡点燃。

词好句

好词归纳

风言风语	养家糊口	疲惫不堪	家境贫寒
俭朴	灵巧	分摊	辛勤
礼貌	妨碍	吝啬	合作
接纳	美德	吝惜	朴素
节俭			

好句欣赏

· 一群农村姑娘，在生产力很低的近代社会，自发结成集中劳动的群体，这是有益于社会进步的一件好事。那个因为家贫而买不起蜡烛的少女被做夜活的姑娘接纳的事实告诉我们，集体主义的互助合作精神自古就是中华民族的一种美德。

书呆子赶鸡

精 彩 导 读

从前有一个书呆子，他每天只知道读书，什么事情都不做。一天傍晚，他的妻子很忙，让他去赶鸡。可是他尝试了很多办法，怎么都没成功，而他的妻子很容易就把鸡赶了回去。

有个书呆子一天到晚只会待在家里看书，什么事也不会干，整天依赖妻子，饭来张口，衣来伸手。

这天黄昏，妻子在地里干完活回家，只见自家的鸡子还没有归窝。她自己要忙着做饭，没工夫去张罗赶鸡，就对丈夫说："我做饭，你去帮我把鸡都赶进窝去。"

丈夫答应了。他放下书本跑到外面，去将自家的鸡赶回家。

书呆子看到自家那几只鸡，连忙上去一阵使劲猛赶，结果那几只鸡吓得惊慌失措，乱飞乱窜；书呆子只好停下来朝鸡扬起手慢慢示意，于是那鸡又停在那里东瞧西望。等那几只鸡刚刚安定下来，要向北面走去。书呆子赶忙上前将鸡拦住。鸡吓得一掉头又朝南边跑去。书呆子急了，又赶到鸡前将鸡拦住。鸡又重新掉头朝北跑去。就这样，当他靠近鸡时，鸡吓得到处扑腾；当他远离鸡时，鸡又停住不走。折腾到天都黑下来了，还有三只鸡依然没赶回窝。

妻子做好了饭，还不见丈夫赶鸡回家。她出屋一看，书呆子站在那里正显出无可奈何的样子，额上还淌着汗。妻子很是生气，教他说："应该这样赶鸡：在鸡安闲的时候慢慢靠近它；如果它惊恐不安，你就扔点食物去引诱它。不能像你这样简单粗暴

词 苑撷英

惊慌失措：害怕、慌张，举止失去常态，不知怎么办好。

拟 人描写

运用了拟人手法，写出鸡的动作。

地乱赶一气，要慢慢引诱着赶。你尽量把鸡赶到熟悉的路上，让它慢慢安定下来，它自然而然就会直奔回窝了。这才是最好的赶鸡方法。"

书呆子似乎有所悟，说："想不到赶鸡也有学问，怎么书本上就见不到呢？"

这个书呆子只会读死书，对书本以外的东西一无所知。其实做任何事情都有它的方法和规律，如果不讲究方式方法，只凭想象蛮干，那就难以把事情做好。赶鸡也是一样的道理。

精彩点拨

　　这篇寓言告诉我们不管做什么事情都要讲究方法，蛮干是行不通的。读书要活学活用，用到生活里，读死书是没有意义的。生活中的技巧是无处不在的，不是只有读书是本领，很多事情都要靠实践去积累。

阅读积累

书呆子出处

　　清《红楼梦》第七十五回：可以做得官时，就跑不了一个官的。何必多费了功夫，反弄出书呆子来。

　　清《三侠五义》第三十三回：雨墨听了相公之言，暗暗笑道："怪道人人常言'书呆子'，果然不错。我原来为他好，倒嗔怪起来。只好暂且由他老人家，再做道理罢了。"

好词归纳

依赖	饭来张口，衣来伸手	黄昏	张罗
惊慌失措	示意	折腾	依然
无可奈何	靠近	惊恐不安	引诱
安定	一无所知	蛮干	

好句欣赏

· 这个书呆子只会读死书，对书本以外的东西一无所知。其实做任何事情都有它的方法和规律，如果不讲究方式方法，只凭想象蛮干，那就难以把事情做好。赶鸡也是一样的道理。

万字难写

精彩导读

从前有一户人家很有钱，但是都没有学问，所以就请了一个老师来教他儿子。第一天学了一，第二天学了二，第三天学了三。儿子就觉得自己学会了，赶走了老师，可是别人让他写万的时候，他却写了很长时间——他花费很长时间才写了三千多画。

汝州农村有个老翁，家道殷实，十分富有。可是他祖祖辈辈都是文盲，连"之乎者也"等最简单的字都不认识。不识字干什么事都极不方便，老翁尝够了苦头，决心让儿子念书识字。

有一年，老翁聘请了一位楚国的读书人教他的儿子认字。第一天上学，老师用毛笔在白纸上写了一笔，告诉他儿子说："这是个'一'字。"他儿子学得很认真，牢牢地记住了，回去后就写给老翁看："我学了一个字——'一'。"老翁见儿子学得用功，看在眼里，喜在心里。

第二天上学，老师又用毛笔在纸上写了两笔，说："这是个'二'字。"这回，儿子不觉得有什么新鲜了，记住了就回家了。

到了第三天，老师用毛笔在纸上写了三笔，说："这是个'三'字。"儿子眼珠一转，仿佛悟到了什么，学也不上了，扔下笔就兴高采烈地奔回去找到父亲说："认字实在简单，孩儿已经学成了。现在不用麻烦先生了，免得花费这么多的聘金请先生，请父亲把先生辞退了吧。"见到儿子这么聪明，老翁高兴地准备了酬金辞退了老师。

过了几天，老翁想请一位姓万的朋友来喝酒，就吩咐儿子一

神 态描写

运用了神态描写，写出老翁对儿子的期待，望子成龙。

词 苑撷英

兴高采烈：形容兴致高昂，情绪热烈。

大早起来写个请帖。儿子满口答应了："行，这还不容易吗？看我的吧。"

老翁看儿子蛮有把握，就放心地去做其他的事情了。时间慢慢地过去，眼看太阳都快偏西了，还不见儿子写好，老翁不禁有些急了："儿子这是怎么了？"等了又等，老翁终于不耐烦了，亲自到儿子房里去催促。

进得门来，老翁见儿子愁眉苦脸地坐在桌边，纸在地上拖得老长，上面尽是黑道道。儿子正拿着一把沾满墨的木梳在纸上画着，一见父亲进来便埋怨道："天下的姓氏那么多，他为什么偏偏姓万呢？我借来了母亲的木梳，一次可以写20多画，从一大早写到现在，手都酸了，也才写了不到3000画！万字真难写呀！"

知识是无穷无尽的，如果我们学习只满足于一知半解，那和这个笨儿子又有什么两样呢？

这个寓言告诉我们知识是无穷无尽的，永远没有学完的时候，即使学会了一个知识也不要骄傲，因为世界上还有很多你不知道的知识。要谦虚，要谦逊，要虚心，认真学习，努力学习。不骄傲，不自满。

教 师

教师的称谓很多，其中尊称有以下两种。

一、老师。原是宋元时代对地方小学教师的称谓。后专指学生对教师的尊称，一直沿用至今。

二、先生。1. 老师。2. 对知识分子和有一定身份的成年男子的尊称。3. 称别人的丈夫或对人称自己的丈夫（特定用途：前面都带人称代词或定语；比如你先生、我先生）。4. 旧时称管账的人。如：他在当铺当先生。5. 旧时称说书、相面、算卦、看风水等为业的人。如：风水先生。6. 后来意义有所外延，但凡德高望重的人，都可以被尊称为"先生"，表示尊敬。

词好句

好词归纳

殷实	文盲	聘请	新鲜
兴高采烈	聘金	辞退	酬金
愁眉苦脸	无穷无尽	一知半解	

好句欣赏

· 老翁看儿子蛮有把握，就放心地去做其他的事情了。时间慢慢地过去，眼看太阳都快偏西了，还不见儿子写好，老翁不禁有些急了："儿子这是怎么了？"等了又等，老翁终于不耐烦了，亲自到儿子房里去催促。

· 知识是无穷无尽的，如果我们学习只满足于一知半解，那和这个笨儿子又有什么两样呢？

吹牛无边

精彩导读

从前有三个老人特别喜欢吹牛，有一天，三个人一起出去碰到一个老人问他们多大年龄，一个人说盘古叫他哥哥，一个人说看过十次沧海桑田，一个人说吃过许多万年才结一次的仙桃。问年龄的人知道他们在吹牛，就没有再和他们继续聊天。

有三个老人都擅长吹牛，平时与人谈话，一般没人吹得过他们。可是这一天，这三个会吹的老人却碰到了一起。

正巧，有一个过路人走来了，看到三个年纪大的人在一起，便上前询问他们的年龄。过路人很有礼貌地问："请问各位老丈今年高寿？"

其中一个老人摸了摸满头白发，说："你问我的年纪，我已记不清了，只记得我小时候，曾经跟盘古在一起玩耍，我们的交情不浅，他还叫我哥哥哩。"

过路人听了吓了一跳，心想，还真没见过这般老寿星呢。

苑撷英

桑田：泛指田畴；比喻世事变迁。

另一个老人说："问我的年纪有多大吗？这么跟你说吧，大海的水每次变成桑田的时候，我就记下一个筹码，不知有多少次了，反正这样的筹码我已经放满了十间屋子！"

过路人一听大为惊骇，今天可看见老神仙了，真是大开眼界。

张手法

运用了夸张的手法，写出老人的惊讶。

第三个老人说："你们听说过王母娘娘的仙桃吗？那可是一万年才熟一次的呀！可我吃的仙桃已经无数，我每吃一个仙桃，就把它的核丢到昆仑山下，而今那些丢掉的仙桃核，已经堆积得和昆仑山一样高了！"

过路人这一次反而非常平静，一点儿也不吃惊，他说："原来是三个老牛皮精。"

吹牛皮如果吹到了离奇的地步，又有什么意义呢？那种根本不存在的长寿与那些生命短促的蜉蝣（fú yóu）、朝菌，又有什么区别呢？

精 彩点拨

这篇寓言告诉我们做人要实事求是，脚踏实地，不能信口开河，否则会成为别人的笑话。说话要以事实为依据，不说大话，不说空话。只有这样才能成为一个令人尊敬的人，一个令人信服的人。

阅 读积累

盘 古

盘古，是中国神话传说中的创世神，桐柏一带有传说其出生于一枚龙蛋，由应龙孵育出生。

盘古并不是中国神话中最古老的神，他的产生长期以来不见于典籍记载，直到三国时期才被徐整所创作的《三五历记》记录成书下来，且是中国神话众多创世神中唯一因创世而致身死的。

好 词好句

好词归纳

询问	高寿	交情	不浅
寿星	桑田	筹码	惊骇
大开眼界	平静离奇		

好句欣赏

· 吹牛皮如果吹到了离奇的地步，又有什么意义呢？那种根本不存在的长寿与那些生命短促的蜉蝣（fú yóu）、朝菌，又有什么区别呢？

贪之为贫

精彩导读

　　从前有一户人家很穷，家里以卖菜为生。一天，他的儿子去卖菜，卖了一些钱，回来的路上碰到有人赌博赢钱，也想试着赌一把，最开始赢了，最后钱输光了。回到家里，他的父亲原谅了他。后来他每天出去卖菜回来都去赌钱，一直没有赢过。到老了，他的日子还是很清贫。

　　有一户农家，一家三口住在两间茅屋里。家中有一个十六七岁的少年，无心向学，早早就辍学，天天在家里吃闲饭。因为家里穷，他的父亲看他这样也不是办法，就对他说："儿子，你得找事做做，以填补家用。"于是他决心去城市卖菜，他的父亲答应了，给了他批发青菜的本钱。

　　一天，他早早就起床，准备好箩筐和秤，挑着箩筐去批发市场买了两筐菜，然后又挑到城里摆地摊零售。他批发来的菜又鲜又嫩。卖菜前，他把青菜整理得整整齐齐；卖菜时热情大方，嘴巴又甜，不到两个钟头总算把菜卖光了。看到两筐青菜卖光了，只剩下两个箩筐，又摸摸口袋里的钱，他数数口袋里的钱，除去买菜本钱，足足赚了20元，心里甭提有多高兴。他挑着箩筐边走边想："我第一天就赚了这么多，我要拿5块钱买双鞋子穿。剩下的交给爸爸，他会夸奖我的。"半路上，有三个人在打牌，他就走过去看热闹。过了一会儿，他看到其中一个人赌赢了几十块钱，他心想："我要是能赌赢几十块钱，那该多好啊！"赌钱中赢钱的那个好像看出了他的心思，晃了晃手中的钱，得意地说："我赢了好多。你也来吧！你的运气不错，肯定赢钱。"说得他心理痒痒的，于是他下注了。第一次，果然他赢了10块钱，他心里暗暗庆幸。第二次下注又赢了5块钱，他更加相信自己运气不错。于是他继续下注，不一会儿，就把卖菜的钱连本带利都输光了。他沮丧地回到家里，告诉他的父亲："我被骗了。"他的父亲原谅了他，并告诉他："不要去赌了，别被骗子骗了。"他答应了。

第二天，少年的父亲给了他本钱，他又早早起床去卖菜。这回，他赚了30元。在回来的路上，又有人在路边赌博，他想："我一定要把昨天输的钱赢回来。"于是，他忘记了父亲的教诲，又下注了。刚开始连续赢了两次，后来是输了又赢，赢了又输，最后又连本带利输光了。他垂头丧气地回家，告诉他的父亲："我又被骗了。"他的父亲骂了他，但是还是原谅了他。

父亲经常告诫他："不要贪心，不要去赌了。"他答应了。后来，虽然没有天天赌，偶尔还会赢，但是，他已经养成了赌博的恶习……

他的父母亲去世后，他还是孑然一身，依然住在那两间茅屋里。

这篇寓言告诉我们，在生活中，不能有贪念，要靠诚实的劳动获得幸福。否则，会因贪念而染上恶习，一生贫苦。另外，知错改错，要当机立断，否则后患无穷。

心理描写

运用了心理描写，写出少年的心理。

词苑撷英

孑然一身：意思是孤零零一个人。

精 彩点拨

　　这篇寓言告诉我们做人不要太贪心，太贪心最后就会贫穷。顺其自然，懂得知足。同时，做人要脚踏实地，如果想要什么，就要勤恳、踏实，一步一个脚印地向上攀登，不要想着一步登天，那是不现实的，更是不可取的。

悦 读积累

赌　博

　　赌博，即用斗牌、掷色子等形式，是一种拿有价值的东西做注码来赌输赢的游戏，是人类的一种娱乐方式。任何赌博在不同的文化和历史背景下都有不同的意义。目前，在西方社会中，它有一个经济的定义，是指"对一个事件与不确定的结果，下注钱或具物质价值的东西，其主要目的是赢取得更多的金钱"。

好 词好句

好词归纳

茅屋	辍学	批发	零售
热情	大方	夸奖	运气
庆幸	下注	原谅	垂头丧气

好句欣赏

·这篇寓言告诉我们，在生活中，不能有贪念，要靠诚实的劳动获得幸福。否则，会因贪念而染上恶习，一生贫苦。另外，知错改错，要当机立断，否则后患无穷。

·父亲经常告诫他："不要贪心，不要去赌了。"他答应了。后来，虽然没有天天赌，偶尔还会赢，但是，他已经养成了赌博的恶习……

·他的父母亲去世后，他还是孑然一身，依然住在那两间茅屋里。

两个猎人

精彩导读

　　本文讲述了两个猎人每天一起去打猎，却遇到了一只老虎，老虎扑向了偏胖的猎人，偏瘦的猎人为了救偏胖的猎人向老虎射了几支箭。偏胖的人获救了，却埋怨偏瘦的猎人对着老虎射了太多箭，导致老虎皮不能换金币了。

　　山脚下住着一胖一瘦两个猎人，经常一起去山上打猎，彼此以好朋友相称。

　　一天，两人结伴而行去山上狩猎。突然，迎面跑来一只大老虎，两个人害怕得瑟瑟发抖，反应过来后，慌不择路撒腿就跑。老虎咆哮一声，腾空一跃，最终扑向了偏胖的猎人。当老虎张开血盆大口时，丧胆亡魂的胖猎人大声呼喊同伴：我的好朋友，你快来救救我吧。

　　瘦猎人看到后，连忙搭弓射箭，第一箭射中老虎的左眼。受伤的老虎变得暴躁起来，咆哮声震耳欲聋，惊得林中鸟儿群飞而起。龇牙咧嘴的老虎，扬起虎爪，要把胖猎人的脑袋打爆。

　　这时，胖猎人已经吓傻了。瘦猎人又射出一支箭，这支箭射中老虎的胸口。疼痛难忍的老虎，在地上艰难地挣扎。瘦猎人为了安全起见，上来又朝老虎腹部射了第三箭，直到老虎进气多、出气少时，才把惊慌失措的同伴扶起来。

　　缓过神的胖猎人看到地上的老虎，连忙爬到老虎身边检查伤口。看到老虎眼睛上一箭，向瘦猎人竖起了大拇指。

　　当看到胸口上的第二箭时，脸色变幻不定，瞬间黑了下来。

　　最后看到老虎腹部的一箭时，终于忍不住，大声责骂道：你

动作描写

　　运用了动作描写，描写出猎人的动作。

拟人描写

　　运用拟人的手法写出老虎的表情。

这个笨蛋，射一箭就好了，你干吗还要补箭？这么好的一张虎皮能卖上很多金币，你知道吗？

精彩点拨

通过这篇寓言我们可以学习到要学会感恩，在生命和金钱面前，生命更加重要。凡事也没有十全十美的，想要拥有一样，就必须放弃一样，有舍才有得。对于救自己命的人要怀有感恩之心，不能去因为小恩小惠而埋怨。

阅读积累

虎

虎，大型猫科动物；毛色浅黄或棕黄色，满有黑色横纹；头圆、耳短，耳背面黑色，中央有一白斑甚显著；四肢健壮有力；尾粗长，具黑色环纹，尾端黑色。老虎是典型的山地林栖动物，由南方的热带雨林、常绿阔叶林，以至北方的落叶阔叶林和针阔叶混交林，都能很好地生活。在中国东北地区，也常出没于山脊、矮林灌丛和岩石较多或砾石塘等山地，以利于捕食。

好词好句

好词归纳

狩猎	彼此	瑟瑟发抖	慌不择路
咆哮	血盆大口	丧胆亡魂	暴躁
震耳欲聋	龇牙咧嘴	挣扎	艰难
惊慌失措	检查	责骂	

好句欣赏

· 这时，胖猎人已经吓傻了。瘦猎人又射出一支箭，这支箭射中老虎的胸口。疼痛难忍的老虎，在地上艰难地挣扎。瘦猎人为了安全起见，上来又朝老虎腹部射了第三箭，直到老虎进气多、出气少时，才把惊慌失措的同伴扶起来。

· 瘦猎人看到后，连忙搭弓射箭，第一箭射中老虎的左眼。受伤的老虎变得暴躁起来，咆哮声震耳欲聋，惊得林中鸟儿群飞而起。龇牙咧嘴的老虎，扬起虎爪，要把胖猎人的脑袋打爆。

藏贼衣

精 彩 导 读

这个故事讲述了一个贼本来要去一户人家偷东西，最后没有偷到值钱的东西，想要偷米，米坛太大搬不动，就想着用衣服装米，没想到中途却惊动了男主人。小偷本想将计就计，最后却算计到自己头上，被人抓住。

有个小偷，想去偷点东西来换些吃食。一天夜里，他找来找去，那些大户人家的门上都上着大锁，结实极了，他怎么也弄不开。

转来转去，这小偷终于找到一户人家，两扇门板破破烂烂的，不费多大工夫，小偷就打开门进到屋里了。他东翻翻、西看看，到处寻找值钱的东西。可是这一家实在是一贫如洗，除了些破桌椅、烂抹布，简直找不出一样可以换钱的东西。小偷不由得倒抽一口凉气，暗自叫苦：唉，我的天！我怎么倒霉成这样，这家人简直太穷了，根本没什么可偷的，叫我白费了这么多工夫和力气！

要空手回去，小偷实在是不甘心，他继续四下里仔细搜寻，一双贼眼滴溜溜乱转。过了一会儿，他果然有所发现，在床头放着一坛米。小偷思忖道：没法子，就把这米拿回去煮饭吃吧。可是连坛子抱回去太重了，既不方便，又可能拿不动，还容易让人起疑心……哎，对了，不如这样……

小偷一拍脑袋，计上心来。他脱下外衣铺在地上，然后回过身子去取米，想把米倒在衣服上包走。小偷闹腾了这许久，将

动 作描写

运用了动作描写，写出小偷行窃的过程。

词 苑撷英

一贫如洗：形容穷得像被水冲洗过似的，一无所有。

245

床上睡着的丈夫吵醒了。借着照进屋里的月光，丈夫瞧见了企图偷米的小偷，生气极了：这个坏蛋，我家里这么穷，他竟然连唯一的一坛米都不放过。本想大声叫抓贼，又怕贼一时急了伤人，怎么办呢？丈夫悄悄一伸手，把小偷铺在地上的衣服拿起来，藏进被子里面。小偷取了米回头，却发现衣服不见了，又急又恼。这时，妻子也醒了，惊慌万分地问丈夫："房里窸窣作响，是不是有贼呀？"丈夫回答说："我醒了半天了，哪里会有贼呢？"小偷听见这夫妻俩的对话后，忙高声喊道："我的衣服，才放在地上，就被贼偷了，怎么还说没有贼呢？"这时邻居们全被吵醒了，听到这家喊"贼"的声音，纷纷跑过来抓。小偷来不及逃跑，只得束手就擒。

　　小偷竟然忘了自己的身份，贼喊捉贼，暴露了目标，终于被擒。凡是丧尽良心算计别人的人，到头来只会算计了自己。

　　通过这篇寓言，我们可以学习到永远不要做坏事，多行不义必自毙，你做了坏事，就会遭到报应；更加不要去算计别人，算计来，算计去，最后会把自己算计进去；也不要耍小聪明，你认为的好计谋可能其他人一眼就看穿了，最后只会被人耻笑。

小 偷

　　古代小偷的名目很多，掀开屋顶的砖瓦，弄个窟窿，顺着绳索下去的小偷叫"开天窗"；掘壁穿穴的小偷叫"开窑口"，也称"开桃源"，他们钻入墙穴偷取财物；专门盗墓的小偷名叫"掘冢""椎埋"；撬门行窃的小偷叫"排塞赃"。其中，天未亮时活动的叫"踏早青"，大白天动手的叫"白日闯""白日鬼"，黄昏时出人不意行窃的叫"跑灯花"；专门趁着主人锁门外出、撬锁入户偷盗的小偷，名叫"吃恰子"，"恰子"就是锁，这类小偷凭借的是自配的"万能钥匙"。

词好句

好词归纳

　　结实　　束手就擒　　贼喊捉贼　　丧尽天良　　一贫如洗

好句欣赏

· 要空手回去，小偷实在是不甘心，他继续四下里仔细搜寻，一双贼眼滴溜溜乱转。过了一会儿，他果然有所发现，在床头放着一坛米。小偷思忖道：没法子，就把这米拿回去煮饭吃吧。可是连坛子抱回去太重了，既不方便，又可能拿不动，还容易让人起疑心。

· 小偷竟然忘了自己的身份，贼喊捉贼，暴露了目标，终于被擒。凡是丧尽良心算计别人的人，到头来只会算计了自己。

不吃鸡蛋

精彩导读

　　这篇寓言讲述了一个南方人来到北方，他来到一家菜馆，因为他不了解北方的菜，也不吃鸡蛋，但是又不想让别人知道他不懂北方菜，所以就不懂装懂，结果每一次上来的菜里面都有鸡蛋。

拟人描写

　　运用拟人手法，写出了南方人的饥饿。

　　有个南方人，从来不吃鸡蛋。一次，他出远门到北方。他在路上走得累了，肚子也咕咕直叫，就进了一家小店坐下，吃些东西。

　　店里的伙计一看有客来了，忙过来招呼，殷勤地边擦桌子边问："客官，您想吃些什么？"这个南方人第一次来北方，对北方的菜很不熟悉，就随便地说道："有什么好菜就上吧。"伙计应道："本店的木樨肉做得可拿手了，您可以尝一尝。"不一会儿，菜端上来了，南方人一看，原来里面有自己不吃的鸡蛋。可他又怕如果说出来，别人会嘲笑自己无知，就不愿明说，只是问道："还有别的什么好菜吗？"伙计说："还有摊黄菜，也是本店的拿手名菜。"南方人心里嘀咕：摊黄菜是什么玩艺？不管它，先要了再说吧。菩萨保佑，可千万别再有鸡蛋呀！便说道："太好了，就这个吧！"等到菜送来一看，仍然有自己不吃的鸡蛋。不好再推了，他只好说："菜是不错，可惜我肚子挺饱的，不想吃东西。"他的仆人饿得实在不行，便劝他说："前边的路还很远，不吃的话，待会儿恐怕要挨饿了。"他于是借梯子下台说："既然这样，那我们就吃些点心吧。伙计，有好点心吗？"

伙计答道:"有窝果子。"南方人说:"那就多拿几个来吧。"等到"窝果子"被端上来,他一看不禁傻了眼,竟然又有自己不吃的鸡蛋。他心中又羞惭又恼火,再也找不出什么理由了,只得饿着肚子赶路,直走得疲劳不堪。

天下的事物很多,人们哪能样样都知道。不知道并不可怕,可怕的是不但不承认,还硬要假装知道。这样做是学不到任何东西的。

彩点拨

　　通过这个故事我们可以学习到,天下的事情很多,不可能知道所有的事情。不知道一件事并不可怕,可怕的是不懂装懂,这样永远都学不会新的东西。在有疑问的时候,要勇敢地提问,不要假装明白,这样只会成为别人的笑话。提问并不可耻,不懂装懂才可耻。

读积累

木须肉

　　木须肉原名木樨肉,是一道常见的特色传统名菜,属八大菜系之一的鲁菜——孔府菜,俗语常读作为木须肉、苜蓿肉等。其菜以猪肉片与鸡蛋、木耳等混炒而成,因炒鸡蛋色黄而碎,类似木樨而得名。

　　清人梁恭辰在其《北东园笔录·三编》中记载:"北方店中以鸡子炒肉,名木樨肉,盖取其有碎黄色也。"

　　据现有记载,木樨肉原出现于曲阜孔府菜单中,其原料除猪肉和鸡蛋、木耳外,还包括有玉兰片。该菜传入北京等地后,由于北京一带缺乏竹笋,玉兰片逐渐被黄花菜、黄瓜片等取代。

 词好句

好词归纳

殷勤　　熟悉　　嘲笑　　无知

嘀咕　　恼火　　承认　　假装

好句欣赏

· 他的仆人饿得实在不行，便劝他说："前边的路还很远，不吃的话，待会儿恐怕要挨饿了。"他于是借梯子下台说："既然这样，那我们就吃些点心吧。伙计，有好点心吗？"伙计答道："有窝果子。"南方人说："那就多拿几个来吧。"等到"窝果子"被端上来，他一看不禁傻了眼，竟然又有自己不吃的鸡蛋。他心中又羞惭又恼火，再也找不出什么理由了，只得饿着肚子赶路，直走得疲劳不堪。

众人乘车

本篇寓言讲述了一个马夫带着女儿去集市买东西，和女儿同行的人都夸赞女儿。有了马车之后，因为女儿要回去取东西，耽误了前进，同行的人就开始说女儿的坏话。坏话被马夫听到，他把同行的人都赶下车了。

早上，马夫准备带女儿去集市买些东西回来，马夫发现马没有吃饱，于是，对女儿说道：你先慢慢走，我把马喂饱后追上你。

女儿在路上遇见几个同样去集市的妇女，于是结伴而行。妇女们称赞女儿长得像鲜花一样娇艳，身材似柳条一样纤细，声音如百灵鸟一样好听。大家有说有笑，一路上充满了欢声笑语。

不一会儿，马夫驾着马车就追了上来。一个妇女看到马车上是空的，于是请求马夫载大家一段路程。马夫看见女儿和大家聊得挺投机的，欣然同意让大家上了马车。

过了一会儿，女儿突然想到钱袋子丢在家里了，悄悄趴在马夫耳边说道：我要回去拿钱袋子，你带着大家继续往前走吧。

女儿下车后，马夫特意让马放慢脚步。几个妇女明显感觉马夫是有意为之。于是，在马车上七嘴八舌议论起来。有人说道：这个女孩长得真丑，脸上的雀斑好像沾一脸的黑芝麻，身材又矮又瘦，坐在那和一个冬瓜没有什么两样，还趴在马夫耳边说悄悄话，说不定是个害人的狐狸精呢。

妇女们的话传到马夫耳朵里，马夫气得火冒三丈。立刻指着

比喻手法

运用了比喻手法，写出了女子的瘦弱和声音好听。

比喻手法

运用比喻手法，写出了女孩脸上的雀斑数量多。

这些妇人咆哮道：刚下车的女孩是我的女儿，你们这些毒舌妇，赶紧给我滚下车。

这篇寓言告诉我们不要在背后说别人的坏话，做人要与人为善，不能当面一套，背后一套。良言一句三冬暖，一句好听的话能够温暖人心，而一句刻薄或者难听的话也能让一个人的心感觉寒冷。说话的时候要注意听者的感受，为他人考虑，别人说话也会考虑你的感觉。

集 市

集市（菜市场）是指定期聚集进行的商品交易活动形式。主要指在商品经济不发达的时代和地区普遍存在的一种贸易组织形式。又称市集。集市起源于史前时期人们的聚集交易，以后常出现在宗教节庆、纪念集会上和圣地，并常附带民间娱乐活动。

好词归纳

结伴而行　　娇艳　　纤细　　欢声笑语

欣然　　投机　　有意为之　　七嘴八舌

好句欣赏

· 女儿在路上遇见几个同样去集市的妇女，于是结伴而行。妇女们称赞女儿长得像鲜花一样娇艳，身材似柳条一样纤细，声音如百灵鸟一样好听。大家有说有笑，一路上充满了欢声笑语。